Date: 7/12/17

SP FIC GALASSI
Galassi, Jonathan,
Musa /

Musa

Jonathan Galassi

Musa

Traducción de Jaime Zulaika

EDITORIAL ANAGRAMA

BARCELONA

Título de la edición original:
Muse
Alfred A. Knopf
Nueva York, 2015

Ilustración: © Keystone-France / Getty Images

Primera edición: septiembre 2016

Diseño de la colección: Julio Vivas y Estudio A

© De la traducción, Jaime Zulaika, 2016

© Jonathan Galassi, 2015

© EDITORIAL ANAGRAMA, S. A., 2016
  Pedró de la Creu, 58
  08034 Barcelona

ISBN: 978-84-339-7962-9
Depósito Legal: B. 14038-2016

Printed in Spain

Liberdúplex, S. L. U., ctra. BV 2249, km 7,4 - Polígono Torrentfondo
08791 Sant Llorenç d'Hortons

A mis héroes
(ustedes saben quiénes son);
a Beatrice e Isabel,
mis heroínas;
y en cariñoso recuerdo de Ida Perkins

Ésta es una historia de amor. Es sobre los buenos viejos tiempos, cuando los hombres eran hombres y las mujeres eran mujeres y los libros eran libros, con las tapas pegadas o incluso cosidas, con cubiertas de papel o de tela, con sobrecubiertas preciosas o no tan preciosas y un maravilloso olor a polvo, a moho; cuando los libros amueblaban muchas habitaciones y su contenido, las palabras mágicas, su poesía y su prosa, eran licores, perfume, sexo y gloria para quienes los amaban. Esos lectores fieles nunca fueron numerosos pero siempre estaban enfrascados, siempre visibles y audibles, sensibles al romanticismo de leer. Quizá existen todavía, en la clandestinidad, en algún lugar, adoradores secretos del culto a la palabra impresa.

Para esos pocos privilegiados la literatura era la vida y las páginas de combustión lenta en las que cobraba forma eran el medio en el que ejercían su culto. Reverenciaban los libros, los apreciaban, amontonaban, coleccionaban, los regalaban, a veces los tomaban prestados, aunque casi nunca los devolvían. Lo raro de una pieza —el número de ejemplares de una edición, la belleza y la complejidad de su impresión, en ocasiones la calidad de su contenido— determinaba su valor. Muy de vez en cuando se juzgaba que un libro valía millones. Las obras que llevaban la firma de su autor eran objeto de veneración, se exhibían bajo llave en el sanctasanctórum de las grandes librerías y museos. Los escritores —en aquellos tiempos sólo unos pocos se recubrían con el manto de la autoría, una profesión exigente e incluso peligrosa— eran los sumos sacerdotes de esta religión, rehuidos y considerados sospechosos por el populacho, pero idolatrados por los fieles iniciados.

Ésta es la historia de algunos de los más auténticos creyentes de este culto de auténticos. Se lucieron en los días luminosos que siguieron a la Segunda Guerra Mundial, cuando todo parecía posible, y con sutileza cambiaron la cultura en la que vivían, la hicieron más rica, más profunda, más emocionante y promisoria. La riqueza y la profundidad no son cualidades muy de moda en esta época de velocidad y transformación instantánea. Nuestro mundo virtual es un mundo plano y eso es lo que nos gusta de él. Cambiamos de identidad en cualquier momento; giramos, nos reagrupamos, nos reconfiguramos, nos reinventamos. Los personajes de esta historia son diferentes. Eran fieles a su carácter en ocasiones retorcido, pero estable, y modernos al viejo estilo. Y, a su manera egoísta, fueron héroes.

Es también la historia del idilio que vivió el país con una de sus grandes poetas. Ida Perkins atravesó el firmamento de la vida y las letras norteamericanas cuando era una jovencita y permaneció en él de un modo u otro hasta su muerte en 2010, a los ochenta y cinco años. Mientras vivió, cada una de sus palabras y movimientos se observaron, se comentaron, se magnificaron, se lamentaron. Muchos críticos —la mayoría, en cualquier caso— se postraron ante ella, pero lo mismo hizo el más común de los lectores ordinarios. Despertó la afición a la poesía en mujeres y en hombres corrientes, y, cuando murió, la expresión de congoja del país fue tal que el presidente

Obama declaró fiesta nacional la fecha de su muerte, que era también la del cumpleaños de Ida.

Sus numerosos amantes le guardaron afecto; y todos ellos buscaron y hallaron en cada uno de sus poemas reflejos de sí mismos y del amor que ella les tenía. Pero hubo otros que suspiraban por ella sin ser correspondidos, que sólo la conocieron a través de sus versos: eran los lectores que fielmente compraron todos sus libros durante su larga carrera; los editores que soñaban con publicarla; los jóvenes poetas que se sentaban a sus pies cuando ella se lo permitía y se morían por ser sus amantes; los críticos que hoy día siguen descubriendo e inventando los significados de su obra infinitamente diversa; y los académicos que en décadas futuras escudriñarán los múltiples escritos que nos ha legado: poemas, ensayos, memorias inconclusas y relatos y piezas de teatro, y cuadernos, muchos de los cuales todavía inaccesibles; todo salvo cartas, porque Ida nunca escribió ni conservó correspondencia personal. Es de suponer que recibió incontables epístolas de admiradores tan variados como Pound, Eliot, Avery, Moore, Stevens, Montale, Morante, Winslow, Char, Adams, Lowell, Plath, Olson, Kerouac, Ginsberg, Cheever, Hummock, Burack, Erskine, O'Hara, Merrill, Gunn, Snell, Vezey, Styron, Ashbery, Popa, Bachmann, Milosz, Merwin, Sontag, Carson, Nielsen, Glück, Cole y McLane, por nombrar sólo a unos pocos de sus asociados literarios más cercanos. Pero aunque sin duda leyó muchas de estas cartas, no conservó ninguna, que sepamos, y todos sus corresponsales sabían que más valía no esperar contestación. Para Ida, las palabras servían para susurrarlas conspirativamente (y para desmentirlas), o para consignarlas irrevocablemente en la página. Su voz entrecortada, reconocible de inmediato —para ser una estrella de alto voltaje intelectual, daba una impresión de timidez extrema—, formaba parte de lo que Stephen Roentgen, su segundo marido y, según la opinión ge-

11

neral, al que más amó de todos ellos, llamaba su «necesidad vitalicia de parecer normal».

A Ida le desagradaba hablar de literatura; lo encontraba aburrido, impropio: era hablar del trabajo. La cocina, la jardinería, el cine, el sexo y la política eran sus temas de conversación preferidos. Y el cotilleo. Siempre el cotilleo. Se la consideraba una de las mejores narradoras orales del mundo, aunque tenía un tono indulgente que convertía en meros desatinos los peores delitos.

Entre sus más fieles acólitos estaban dos importantes editores de su tiempo: Sterling Wainwright, genio fundador y presidente de la prestigiosa e influyente Impetus Editions, que era también primo segundo suyo, su primer amor y su editor principal; y Homer Stern, rey de Purcell & Stern, el rival chillón y chabacano de Sterling, largo tiempo enamorado de Ida y que tal vez pudo aplacar esa llama al menos una o dos veces en los primeros años que ella pasó en Nueva York. Y también estaba Paul Dukach, que tuvo la suerte de ser, en el momento justo, un joven editor en la empresa deshilvanada pero importante de Homer. Paul idolatraba a Ida a distancia, con un fervor cuya anhelante frustración a veces le enfermaba: era la clase de devoción febril que si no tienes cuidado puede achicharrar al objeto de tu culto, ignorante de la pasión que despierta. Al final, la de este joven por Ida transformaría la trayectoria de su obra y cambiaría la vida de todos ellos.

Damos tanta importancia al amor... Vivimos para el amor, sufrimos por su causa, nos convencemos de que sin él moriremos y hacemos de su búsqueda el objetivo de nuestra vida. Pero el amor, amigos míos, es un terrible sufrimiento. Nos distrae; absorbe tiempo y energía, nos vuelve apáticos y desdichados cuando nos falta y criaturas bovinas cuando lo encontramos. Se podría decir que estar enamorado es el me-

nos productivo de los estados de ánimo. No es, como tanta gente cree, sinónimo de felicidad. Por eso, cuando digo que ésta es una historia de amor estoy diciendo que no es una historia totalmente feliz. Es lo que es: la verdad desnuda, el género de que está hecha la vida desordenada de nuestros héroes y heroínas, el aroma de sus días y sus noches, el tuétano de sus almas. Vayan con tiento.

I. HOMER Y COMPAÑÍA

–¡Que se jodan los campesinos!

Este antiguo grito de la estepa rusa era el brindis acuñado por Homer Stern, fundador, presidente y editor de la pija, pobretona e independiente editorial Purcell & Stern. A menudo brindaba de este modo en las cenas que celebraban las victorias de sus autores o, mejor aún, sus derrotas, tras las numerosas ceremonias de entrega de premios que salpicaban el año editorial. El saludo de Homer a sus guerreros dividía el mundo claramente entre *nosotros* y *ellos* –o quizá entre *yo* y *ellos*–, un reflejo muy exacto de su visión del mundo, semejante a la de Atila.

Homer era un mujeriego y no se esforzaba especialmente en ocultarlo. Formaba parte de la amplia publicidad de su ego, que a algunos les parecía encantador y otros tantos detestaban. Para sus amigos, su franca apreciación de la carne de caballo femenina cuadraba con su fuerte, nasal acento de clase alta neoyorquina y con su llamativa ropa cara –«A él le sienta bien», concedió Carrie Donovan en las páginas de *Harper's Bazaar*– y su afición por los puros cubanos y los Mercedes descapotables. Le había costado años comprarse un coche alemán después de la guerra, pero su

15

gusto por el lujo y la ostentación acabó prevaleciendo sobre cualquier reparo histórico o religioso que le quedase. Homer exudaba una especie residual, venida a menos, de derecho de pernada judío alemán que sólo era ligeramente impostado. Lo había heredado de su padre, nieto de un magnate maderero que había amasado una fortuna en el Oeste cuando el primer ferrocarril transcontinental necesitó traviesas para el vagón de carga. Pero de esto hacía mucho tiempo, y las arcas de la familia Stern, después de tres generaciones de dispendios sin reposición, no estaban en absoluto tan llenas de dólares como habían estado. Como en el caso de muchos que vivían de una riqueza heredada, el sentido que Homer tenía de lo que el dinero puede comprar no había seguido el ritmo de la inflación. Era famoso por las míseras propinas que dejaba.

Aun así, se deleitaba en la *bella figura* que le permitía dar la impresión de ser más pudiente de lo que era. Una vez le dijo a su hijo Plato que parecer rico le facultaba para posponer el pago de sus facturas de imprenta; su impresor preferido, Sonny Lenzner, siempre daba por sentado que podría pagarle cuando se lo pidiera. Respecto a su mujer, Iphigene Abrams, heredera también, en su caso de la fortuna de unos deslucidos grandes almacenes de Newark, aseguraban que había dicho, no sin orgullo (se habían casado a los veintiún años, casi al estilo de una boda concertada, y habrían de seguir juntos, tanto a las duras como a las maduras, durante sesenta y tres años): «No hay nada que a Homer le guste más que caminar por una cuerda floja sobre el abismo.» Iphigene publicó en los años setenta y ochenta una serie de novelas de memorias neoproustianas que algunos apreciaron mucho. A muchos les divertían sus afectaciones de literata eduardiana –vestidos de chifón muy holgados y sombreros de jardinero, o pantalones de montar y fusta–, como si quisiera proclamar que era de otra época y se enorgullecía de ello. Era el complemento perfecto para «la ostentación de nuestro grupo mafioso» que practicaba Homer. Eran toda una pareja.

Stern era el último de los editores «caballeros» independientes, vástagos de las fortunas de la Revolución Industrial que habían decidido gastar lo que les quedaba de la herencia en algo que les divirtiera y que quizá también, en general, valiera la pena. A la universidad, inmediatamente después de la guerra –estudió en una serie de instituciones cada vez menos serias y siempre se las ingenió para que le expulsaran antes de licenciarse–, le siguió un periodo en el sector de relaciones públicas del ejército, donde hizo todo lo que pudo para atraer con eslóganes y carteles a un público cansado de conflictos. También había adquirido una propensión a practicar una ingeniosa irreverencia, que, combinada con las expresiones yidis que aprendería más tarde, cuando él y Iphigene se interesaron por sus raíces judías, contribuiría a un delicioso estofado idiomático, exclusivamente suyo.

En los oscuros días de los años cincuenta, cuando Homer se propuso crear una editorial con Heyden Vanderpoel, un wasp acaudalado que conocía de jugar a tenis, invitó a asociarse a ellos a Frank Purcell: «Como el compositor», decía siempre que le presentaban a alguien, por si erróneamente cargaba el acento en la segunda sílaba. Frank era un reputado ex editor de una generación más antigua al que habían despedido sin miramientos de su empleo anterior mientras estaba en Corea. Al final, la madre de Vanderpoel se opuso a que se vinculara su impecable apellido con el de un judío, y Heyden, de todos modos, tampoco quería trabajar de nueve a cinco, con lo cual sólo quedaron Homer y Frank: Stern y Purcell. O Purcell y Stern, como Frank había insistido, con bastante sensatez. Abrieron el negocio y esperaron a ver qué pasaba.

Finalmente pasó algo. La empresa novata fue tirando durante una temporada con ocasionales éxitos de ventas comerciales: libros de referencia sobre nutrición, los discursos completos de diversos gobernadores y secretarios de Estado –recuerden, corrían los cincuenta– y, de vez en cuando, una novela extranjera de tono elevado, recomendada por uno u otro de los *scouts* europeos de Homer, camaradas de su época militar que ahora, musitaban algunos *sotto voce,* trabajaban como agentes secretos de la CIA. Pero la editorial no cuajó hasta que Homer, a mediados de los años sesenta, convenció a Georges Savoy, un emigrado francés con una auténtica sensibilidad para las letras y una escudería bien provista, adquirida durante una carrera productiva pero turbulenta en Owl House, de que fuera a trabajar con ellos. Muy pronto, gracias a la alquímica fusión del gusto de Georges y de sus contactos con la habilidad comercial de Homer –por no mencionar la aportación de una serie de jóvenes empleados que se deslomaban trabajando doce o catorce horas al día por un sueldo bajísimo y por el privilegio de estar vinculados con la «grandeza»–, P & S se convirtió en un competidor considerable en la edición literaria, una especie de cohete de la originalidad.

No sólo fue Pepita Erskine, la crítica y novelista afroamericana, rompedora de tabúes y activista, la que marcó la pauta en la editorial. Fue también Iain Spofford, el puntilloso miembro del Nuevo Periodismo que mandaba en *The Gothamite,* conocido por muchos como «*The Newer Yorker»,* que se había erigido recientemente en el principal semanario cultural. Fueron Elspeth Adams, reina del soneto gélido, y Winthrop Winslow, el novelista confesional de alta cuna, y el crítico erudito, veladamente subversivo,

18

Giovanni Di Lorenzo, escritores que estaban definiendo una generación literaria y que presentaron a Homer y Georges a una hornada de talentos más jóvenes, entre ellos al trío de poetas que obtendrían el Premio Nobel y a los que Homer apodaba los Tres Ases.

Y también estaba Thor Foxx. Thornton Jefferson Foxx era un sureño no tan típico de las colinas de Tennessee, con una perilla a lo coronel Sanders, que maldecía como un camionero y cuya irreverente ridiculización de las pretensiones literarias neoyorquinas le granjeó una fama instantánea en los tan pretenciosos dominios de Gotham. Thor y Pepita se llevaban a matar, y constituía un homenaje al don de gentes, a lo Fred y Ginger, de Homer e Iphigene que aquellas dos piedras angulares del censo de P & S pudieran aparecer simultáneamente, sin chocar el uno contra el otro, en las aglomeraciones de alguna de las codiciadas recepciones de los Stern en su elegante y moderno domicilio de la calle Ochenta y tres Este.

Así pues, con una sorprendente rapidez, P & S se convirtió en una leyenda en los círculos editoriales. Y entonces empezaron los problemas entre Homer y Sterling Wainwright. P & S pasó a ser considerada la más pequeña, belicosa y «literaria» de las editoriales «importantes», mientras que la Impetus Editions de Wainwright, a pesar de todo su impacto cultural y su influencia (para ser justos, Sterling le llevaba medio lustro de ventaja a Homer), era considerada la más grande y la más apreciada de las editoriales pequeñas, un mundo totalmente distinto. Y aunque Homer era tacaño con los anticipos a los autores, Impetus les pagaba aún menos, mucho menos. Aun así, había una coincidencia notable, y cuando el joven y gallito escritor judío Byron Hummock abandonó Impetus para entrar en P & S, tras la publicación de su premiado volumen de cuentos *All Around Sheboygan*, se declararon la guerra que nunca terminaría.

Wainwright, un wasp activo del gremio, oriundo de Ohio, cuya herencia (cojinetes) era diez veces mayor que la de Stern, consideraba a Homer un grosero y maleducado advenedizo y oportunista, no un hombre de palabra: la clásica defensa de quien ha sido derrotado en la lucha sin cuartel de los negocios. Homer se burlaba de Sterling diciendo que era un playboy que satisfacía sus pretensiones literarias sin ninguna visión práctica ni sentido común. Lo cual, puestos a pensarlo, era bastante cómico, teniendo en cuenta los orígenes de Homer. No, los problemas no eran lo que separaba a ambos; era lo mucho que se parecían. Los dos eran niños mimados, guapos, donjuanes y con olfato para escritores. Se podría haber pensado que estaban hechos para ser amigos, pero hubiera sido un craso error. Se detestaban cordialmente y disfrutaban haciéndolo.

Algo que los dos tenían en común era su obsesión por la poesía y la persona de Ida Perkins, posiblemente *la* poeta norteamericana de su época. Para ambos personificaba la excelencia literaria, y no digamos femenina. Sterling, por supuesto, adoraba, reverenciaba y publicaba a su prima Ida; pero Homer tenía su propia relación con ella. Los había presentado uno de los autores de Homer, Giovanni Di Lorenzo, que albergaba hacia Ida sentimientos no correspondidos, y, como era de esperar, a Homer le había deslumbrado la brillantez fatal de la pelirroja. Se rumoreaba, y él mismo era capaz de divulgarlo, que habían vivido «su momento», como a él le gustaba llamar a sus ligues. Nadie lo sabía con seguridad, pero la frecuencia y la ternura de las alusiones de Homer a Ida eran un indicio de algo para quienes tenían ojos en la cara. Ida, una estrella literaria que acaparaba la atención *y* una mujer atractiva, era una especie de Santo Grial para él, similar –aunque, en todo caso, más fetichizada y codiciada– a «Hart, Schaffner y Marx», como él llamaba a los más destacados escritores judíos de finales de los sesenta, Abe Burack, Byron Hummock y Jonathan Targoff, de los que nunca, por más que lo intentara, conseguía capturar más que a dos a la vez.

Los autores eran para Homer lo que los cuadros, los bienes inmuebles o las joyas para sus amistades más adineradas: objetos coleccionables de carne y hueso, signos exteriores y visibles de su propia sustancia íntima y espiritual. Publicar a Ida sería en cierto sentido la culminación de su carrera, más incluso que publicar a Pepita o a los Tres Ases, o a Hart, Schaffner y Marx, porque ya los poseía o había poseído a todos en un momento u otro, aunque algunos a la larga habían logrado liberarse. Pero Ida era la única a la que no había podido cazar, como él gentilmente decía. Pertenecía a su mosquito rival, Sterling Wainwright, que al fin y al cabo estaba emparentado con ella, y para Homer también la sangre contaba. No había nada que hacer al respecto, a pesar de que la había abordado frontalmente una y otra vez y de que en cada ocasión ella le había rechazado delicadamente. No, Ida era para Homer el pájaro volando. Y una espina clavada.

«Esa jodida Ida Perkins se lleva todos los titulares y gana todos los premios, ¿y qué ganamos nosotros? ¡Nada de nada!», le refunfuñaba, como si fuera culpa de ellos, a Georges Savoy y a cualquiera al que pudiese acorralar del equipo, una mezcolanza variopinta de inadaptados con talento, a muchos de los cuales los había rescatado «de la reserva», siempre a precio de saldo, después de que los hubieran dejado escapar editoriales dominantes y más duras, empezando por Frank y Georges. Todos habían sucumbido de un modo u otro al hechizo de Homer: el corpulento

Paddy Femor, un editor de mesa excepcionalmente talentoso, cuyo perfeccionismo no le permitía soltar los manuscritos que manejaba, a veces durante años; la cadavérica Elsa Pogorsky, conocida en la oficina como Morticia, que invariablemente vestía de negro de la cabeza a los pies y que siempre fruncía el ceño a través de sus imponentes gafas negras, una de las «monjas editoriales» de Homer, rencorosamente sentada a su escritorio corrigiendo todo el día las innumerables traducciones de narradores y poetas invendibles de la «otra» Europa con los que Abe Burack y otros atosigaban continuamente a Homer; la cascarrabias Esperanza Esparta, que tenía un corazón de oro y era la jefa de redacción, famosa por su lápiz rojo, que parecía que nunca abandonaba su mesa, rodeada por un despliegue de aguacates esmirriados y plantas cinta que chupaban toda la luz de la mugrienta ventana de su despacho.

Todo el equipo de Homer estaba al leal servicio de su impresionante cabecilla, cuya paternal despreocupación les hacía sentirse protegidos por una vez en la vida, hacía que se creyeran participantes esenciales en una empresa de indiscutible trascendencia. Todos acudían al allegro de su benevolencia como las moscas a la miel. ¡Caray, era casi tan bueno como el dinero! Así que ellos trabajaban como hormiguitas mientras él se sentaba con los pies encima de la mesa como un Tom Sawyer demasiado elegante, luciendo su sonrisa dentuda, y se entretenía haciendo llamadas insolentes a agentes y periodistas.

«¿A quién tengo que sobornar para que reseñen el nuevo libro de Burack, chico?», parloteaba, sin dejar de hurgarse los dientes, con su adlátere, Florian Brundage, cariñosamente apodado Cabeza de Chorlito, el jefe de la sección de libros de *The Daily Blade,* y quizá no del todo casualmente, novelista de P & S. «Tu reseña sobre esa vaca a la que soy demasiado fino para mencionar, Hortense Houlihan...», la verdad sea dicha, Homer empleó un epíteto más burdo, que no se puede reproducir, «era una mierda, y tú lo sabes».

Milagrosamente, salían libros de los establos de Augías de P & S. Por lo general ganaban prestigio, a menudo ganaban premios, y de vez en cuando se vendían razonablemente bien. En ocasiones trabajar para Homer era miel sobre hojuelas, otras veces resultaba exasperante, pero sobre todo era divertido. Lo único que había que hacer era aceptar que aquel tinglado le pertenecía a él, al cien por cien. No había intrigas de oficina en P & S, porque él lo decidía todo. Por eso la gente –la que duraba– se relajaba y se concentraba en su tarea, y se quejaba continuamente de los autores autoritarios, ingratos y egocéntricos cuyos escritos idolatraban. Estaban completamente locos, por supuesto, pero se esforzaban en pasar por alto las flaquezas ajenas porque eran las mismas que las propias. Y para muchos de ellos las atestadas y sucias oficinas de Union Square eran un alucinante y desquiciado paraíso terrenal.

II. LA INGENUA

Al parecer, nadie estuvo más en sintonía con Homer en sus últimos años –con la clara excepción de su ayudante y cómplice durante mucho tiempo, la regia Sally Savarin, reina sin corona de la empresa– que Paul Dukach, el último de la larga serie de editores jefe, quien a juicio de muchos se había erigido en su evidente sucesor.

Históricamente, ser el número dos en P & S había sido una situación peligrosa. No podías ganar. Si te pasabas de deferente, Homer te avasallaba y tarde o temprano te perdía el respeto y te despedía. Pero si sentías la necesidad de demostrar tus *cojones*[1] –si insinuabas, por ejemplo, que Eric Nielsen era «tu» autor–, acababa contigo de una forma distinta. En la oficina, Homer se parecía bastante a Enrique VIII, o quizá a Iósif Stalin. «Es hora de hacer cambios» era una de sus panaceas más conocidas y temidas, en las editoriales abundaban los individuos de talento a los que les habían enseñado la puerta simplemente por haber chocado con el jefe. A la larga la mayoría de los hombres no podía soportar la necesidad de dominar al es-

1. En español en el original. *(N. del T.)*

tilo macho alfa que caracterizaba a Homer; en consecuencia, casi todos los empleados pertenecían al género femenino (los sueldos ínfimos que pagaba quizá también tuvieran que ver con esto). Puede que Homer pensara en sus empleadas como en su sumiso harén, si es que pensaba en ellas.

No obstante, ahora era más viejo y ya no tenía la misma energía para pisar fuerte contra la competencia tanto dentro como fuera de su empresa. Paul Dukach había caído de pie en un puesto inmejorable de P & S. Era lo bastante inofensivo –«dúctil», al decir de uno de sus autores más sagaces– para que Homer bajara la guardia y le permitiera explorar sus propios e independientes intereses editoriales sin sentirse amenazado de muerte. Para sorpresa general, y quizá la de Homer fue la mayor de todas, se llevaban bien.

–Tenemos que darle un buen meneo a este cotarro, Dukach –decía Homer un lunes por la mañana, cuando sus constantes vitales eran especialmente saludables después de un fin de semana reparador en el campo–. Es hora de hacer cambios. Creo que deberías dejar que Kenneally se vaya.

Poco antes Paul había ascendido a editora a Daisy Kenneally al cabo de tres años extenuantes como su ayudante, y el primer libro que ella había comprado por su cuenta, sobre los Cleveland Browns –cierto que era una oferta inusual para P & S, ¿y en qué otras editoriales la aficionada a los deportes de la casa era una chica?–, había sido un éxito de ventas. Por envidia, quizá (¿o era pura contumacia?), Homer le había cogido una ojeriza inexplicable.

–No creo que debamos hacer eso, Homer –le respondió Paul, lo más rotundamente que pudo–. Es la editora joven más productiva que tenemos.

—Creo que sus libros son aguachirle. ¿Cómo fue aquella novela de..., cómo se llamaba..., Fran Drescher?

Homer era incorregiblemente malo para los nombres.

—Si te refieres a *Plankton*, de Nita Desser, fue bien —concedió Paul, recurriendo al eufemismo que todo el mundo sabía que significaba que un libro había sido una pequeña o gran decepción.

—Bueno, a mí me pareció un bodrio, y a los críticos también. Argh.

La mayor parte del tiempo Homer rezongaba y pasaba de largo. Pero más te valía andar con cuidado si estabas continuamente al alcance de su vista. Siempre parecía haber alguien a quien estaba pensando en eliminar y a quien torturaba, fuera hombre o mujer, como un gato juega con un ratón. Paul sabía que gran parte de su trabajo consistía en mantener distraído al jefe.

Rubio rojizo, con una barbilla cuadrada pero hundida, Paul llevaba gafas de concha y aparentaba menos años de los que tenía, treinta y muchos, aunque empezaba a tener la barriga de un hombre sedentario que bebe un poco más de la cuenta. Se había criado en las regiones agrestes del norte del estado de Nueva York, no en los refinados condados de Westchester o Putnam, como pensaban los urbanitas, sino muy, muy, muy al norte, al oeste de Syracuse, a varios cientos de kilómetros de la ciudad. Hattersville era el Medio Oeste, en realidad, una ciudad industrial en declive que parecía sobrevivir por pura inercia.

Paul tenía tres hermanos mayores, los tres atletas obsesionados, aunque sólo medianamente buenos, que rivalizaban por la aprobación largo tiempo rehusada de su padre, un astro del fútbol universitario que actualmente era el juez de distrito local. Para Arnold Dukach, Paul era un hijo no deseado, el más joven de la camada, y dejaba la crianza del chico a su agobiada mujer, Grace; al menos era lo que pensaba Paul, que estaba muy unido a su madre pero se preguntaba si ella también hubiese preferido otro zaguero en la familia en lugar de un ratón de biblioteca.

Adolescente introvertido, desesperado por huir de la ardiente campana de cristal del equipo deportivo Dukach, Paul tuvo una tabla de salvación: Pages, la laberíntica y bien surtida librería ubicada en un viejo edificio de oficinas de ladrillo en la decadente plaza de Hattersville, donde él trabajaba tardes y sábados durante el tiempo que estudió en el instituto. La dueña de Pages, Morgan Dickerman, era una mujer afable y juiciosa, escultural aunque no convencionalmente bonita, con un prematuro pelo gris; un cuello largo y elegante, y un aplomo que destacaba en Hattersville, todavía encallado en la era de Eisenhower. Paul llegó a sentir por Morgan un enamoramiento de ensueño como el de algunos adolescentes por las amigas de sus madres. No comprendía qué pintaba una persona tan encantadora y sofisticada como Morgan en un vertedero como aquella ciudad.

Ella era del auténtico Medio Oeste, de Des Moines, y se había casado con el más importante (de hecho, el único) cardiólogo de Hattersville, que gozaba de la autoridad divina de los médicos en las ciudades pequeñas. Pero llevaban quince años de casados cuando Rudy Dickerman se enamoró de la enfermera que dirigía su consulta, y se divorciaron. Morgan, con dos hijas en edad escolar, se quedó donde estaba y abrió Pages. Al cabo de un tiempo se alió con Ned Harman, un viudo que era propietario del concesionario local de Jeep, y poco a poco ella convirtió la librería en el centro vital e intelectual de Hattersville. La gente solía tomar el café en Pages, por lo que el lugar siempre estaba concurrido. Y también compraba allí montones de libros, CD, tarjetas de felicitación y bombones.

Morgan se había prendado de Paul, quizá porque sus hijas, la menor de las cuales era diez años mayor que él, vivían ahora en San Francisco y Hong Kong. Poco a poco se fue convirtiendo en una especie de madre sustituta que alentaba su curiosidad literaria, guiaba sus lecturas y le ofrecía una ventana muy necesaria con vistas al ancho mundo. La dependencia de Paul respecto a ella era casi total, y Morgan parecía corresponder a su afecto, Dios sabía por qué. Él aguardaba impaciente que llegara el sábado para pasar el día con ella.

Fue Morgan la primera en poner *Striptease*, de Ida Perkins, en las manos de Paul, una tarde de noviembre en que el resto de la tribu Dukach presenciaba la paliza que Hobart y William Smith propinaban a los Earwigs del Embryon, equipo universitario local.

«Prueba con esto», dijo ella con un guiño, al volverse para ordenar la sección de libros infantiles.

¿Cómo lo había sabido? Fue amor a la primera lectura. Paul nunca se había encontrado con nada tan audaz, tan insolente, tan eléctricamente *presente,* que funcionaba a la perfección. Había devorado toda la obra de Ida, empezando por el principio, por *Virgin Again,* y siguiendo hasta su último poemario, *Arte Povera,* que también había causado sensación cuando se publicó unos años antes. Sus extasiadas huidas de las convenciones, literarias y de comportamiento, hacían emocionante la poesía de Perkins; pero lo que suscitó el asombro de Paul fue la maestría, la pureza de tono y de timbre con que ella lo hacía. En la superficie, era una intachable estilista moderna, pero su instrumento inmaculado lo empleaba al servicio del pensamiento más anticonvencional, como si Louis MacNeice estuviera encauzando a Allen Ginsberg, o Edward Thomas al gran Walt. Paul estaba convencido de que desde Rimbaud ningún poeta había sido tan seductoramente subversivo:

> pelo
> por todas partes
> atasca el desagüe de mis sueños
> no mis viejas trenzas blondas
> lo que brilla y permanece
> lo que guarda la memoria
> es la atracción de tu piel

¿Qué le podría haber resultado más atractivamente ilícito a un chico que se sentía como un extraño nacido en la familia equivocada? La poesía, en particular la poesía como la de Ida, siempre había sido la salvación solitaria del adolescente, y Paul no era en absoluto original en su elección de ídolo cuando pegó la foto de Ida en la pared de su dormitorio, como antes y después que él miles de adoradores con acné.

Más excepcionalmente, con el tiempo llegaría a ser un experto fanático que descubrió todo lo que se podía saber de Ida Perkins. Que sus antepasados habían fundado Gloucester, Massachusetts, unos años después de que los Peregrinos avistaran Plymouth; que su tía. Florence Perkins había servido auténtico té chino a sus invitados en Manchester-by-the-Sea hasta la década de 1960; que la había criado en Springfield la hermana de su madre debido a que ésta padecía una enfermedad que se lo impidió; que ya desde muy joven se convirtió en heroína deslumbrante y piedra de escándalo en una Norteamérica ávida de distracciones que le hiciesen olvidar las exigencias de la guerra; y que en el curso de unas décadas se había erigido en un tesoro nacional, uno de los iconos de su época.

También lo sabía todo sobre los numerosos amores de Ida, empezando por su primo segundo Sterling Wainwright, dos años y medio menor que ella, cuando Ida sólo tenía dieciocho y acababa de publicar su escandaloso primer libro. Y luego sus matrimonios: con el financiero Barrett Saltzman (1945-1950), socio de J. P. Morgan y un amigo de la familia veinte años mayor que ella; después con el carismático, errático poeta del «Movimiento» británico Stephen Roentgen (1952-1960), seguido por Trey Turnbull, el saxofonista tenor norteamericano exiliado en París (1961-1968). A partir de 1970 vivió en Venecia con el acérrimo estalinista, poeta expatriado y supernova literaria Arnold Outerbridge; tras su muerte en 1989, se casaría en 1990 con el conde veneciano Leonello Moro di Schiuma, el notorio coleccionista de pinturas y mujeres, treinta años menor que ella y con quien compartió el palacio familiar del siglo XVI en el Gran Canal.

Paul había leído más o menos todo lo que se podía leer sobre estos hombres y sus vidas: no sólo sobre A. O., como se le conocía universalmente, y sobre el muy llorado Roentgen, sino también sobre Turnbull y sobre Moro, y sobre que la música gnómica de Trey, considerada por muchos la aportación más radical al jazz en una generación, chocaba incongruentemente con el gusto consumista, muy al estilo de finales del siglo XX, de Moro por las obras de moda, desde Koons hasta Kuniyoshi, coleccionadas con una ostentación en consonancia con los orígenes inciertos de su fortuna. Paul incluso había investigado sobre el primer matrimonio de Ida, con Saltzman, y llegó a consultar los registros de divorcios en los archivos de Nueva York: «diferencias irreconciliables», declaraba insulsamente el documento. (Paul había descubierto en algún sitio que, aunque Ida había rechazado una parte de la considerable riqueza de Saltzman, él le había asignado una anualidad generosa, lo que significaba que Ida nunca había tenido que trabajar en nada más que en ser ella misma.)

Sin embargo, sobre todo leyó su obra y la de sus aliados y competidores contemporáneos, e incluso la de los enemigos que Ida se había granjeado a causa de su incurable franqueza. Por ejemplo, Ora Troy, la vampiresa literaria inglesa, la había acusado de robarle tanto a su amante Roentgen *como* la esencia de su poesía, aun cuando hasta un examen superficial de *Ramparts of the Heart* demuestra lo triviales y efímeros que son sus versos comparados con la insuperable pirotecnia de Ida cuando evoca lo que en apariencia podrían parecer temáticas similares: la infidelidad, las dudas religiosas y la soledad existencial.

El primer libro irreprochablemente experto de Ida, *Virgin Again,* publicado por J. Laughlin en New Directions, cosechó reseñas indignadas y extáticas en pequeñas revistas, los blogs de aquel tiempo, cuando era una estudiante prometedora de dieciocho años en Bryn Mawr. Su título escabroso casi consiguió que la expulsaran, pero Katharine McBride, la presidenta entrante, vio en el escándalo una oportunidad de demostrar la capacidad de previsión que le había valido su cargo y perdonó a la joven infractora. En el plazo de un año se publicaron cuarenta y tres artículos sobre la candente Ida Perkins y/o *Virgin Again* en *Abrasions, Stalactite Review, The Hellions* y otras incontables revistas a ambos lados del Atlántico y del Canal. Richard Aldington, por mencionar sólo a uno, elogió en *Camberwell Rattlebag* la «cristalina pureza» de los fragmentos de Ida, que te «cortaban a tiras los dedos».

Dos años después, cuando la guerra se acercaba a su fin, *Ember and Icicle* fue publicado por T. S. Eliot en Faber & Faber de Londres y por Laughlin en Connecticut. Eliot escribió a Marianne Moore, cuya obra revolucionaria él había defendido dos décadas antes: «Como usted antes que ella, la joven señorita Perkins ha contribuido a reajustar mi comprensión de mis orígenes»; Moore, por su parte, le dijo a Ida: «Nos atraviesa el complejo bordado de sus crudas formulaciones.» Tuvo un encuentro obligado con la señorita Moore en el mismo banco de delante de la Biblioteca Pública de Nueva York donde el anciano poeta había conocido a la que pronto sería su discípula, Elizabeth Bishop, aunque parece que poco salió de aquella entrevista entre ambas, hasta donde Paul o cualquier otra persona puede saber por las pruebas existentes, entre ellas el cáustico cameo de Ida como la villana promiscua de *The Bridge Game,* de Mollie MacDonald, su sátira de las mujeres de Seven Sisters.[1] No parece que Moore y Bishop tuvieran mucho trato con Ida; y quizá no sea de extrañar que Ida no aparezca en ninguna parte de la voluminosa correspondencia de Bishop.

¿Y qué pasa con Ida? Ella misma decía muy poco; al menos Paul pudo descubrir lo poco que había dicho. A diferencia de los parlanchines escribas de su tiempo, ella resplandecía en su mundo silenciosa, astutamente, y sus únicas palabras documentadas eran las impresas en las páginas humeantes de sus libros de Faber y ND, aunque Sterling consiguió atraerla a Impetus en cuanto pudo. Es decir, aparte de algunos comentarios mordaces cazados al vuelo (¿o acaso pudieron haber sido elaborados a posterio-

---

1. O Siete Hermanas, un grupo de universidades de Estados Unidos para mujeres. *(N. del T.)*

ri?) por los memorialistas literarios de la época. Millicent Crabtree, en sus recuerdos de su vida con Sheldon Storm, contó que Ida se había negado a pasar la noche en la casa de vacaciones que el compositor tenía en las Berkshires. «No me fío de los hombres con unos dedos tan rápidos», se quejó supuestamente, y se empeñó en dormir en una fonda cercana. También cuentan que le dijo a un boquiabierto Delmore Schwartz, que hasta entonces la tenía sometida a una ardiente y locuaz persecución: «Cierra la boca, por favor, si quieres que te coja de la polla.»

¿Era Ida una mujer de amistades masculinas, sin mucho tiempo que dedicar a sus hermanas en el arte? Paul lo creía posible. «Tu distancia y frivolidad me atraen y... me dejan helada», escribió Moore el 15 de febrero de 1944, después de uno de sus encuentros, dando a Ida, como se vio más tarde, el título de su tercer libro. *Aloofness and Frivolity* se publicó en 1947, y su severidad modernista y preocupaciones personales —«mirarse el ombligo», comentó con desdén más de un crítico— parecían muy alejadas del talante triunfalista de la Norteamérica posbélica.

No es que a Ida le importase. La estructura y los principios rectores de su primer periodo de madurez ya estaban bien establecidos. Crudas dicotomías, rígidas cesuras y las mismas disonancias que hacían que la música modernista fuera tan desafiante para el oído convencional eran la sustancia de su arte en los años cuarenta y primeros cincuenta. Sin embargo, su lozanía e informalidad la enfrentaron con sus contemporáneos y rivales, entre ellos el poeta neomiltoniano Robert Lowell (también pariente suyo, por parte de madre), y la deliberadamente oscura, surrealista, Bishop de la primera época. Los poemas de amor de Ida —y cabía decir que todos lo eran, del primero al último— se definían por el contraste y la dicotomía, el yin y el

33

yang del amante y el amado, el que da y el que recibe, el que aleja y el alejado, la noche y el día, el crecimiento y la decadencia. Un mundo de oposiciones ineluctables sin zonas grises: esto le venía como anillo al dedo a la primera Ida Perkins.

No tardó mucho en ser casi unánimemente aclamada como la voz poética más singular de su generación, aunque nadie habría podido predecir la amplia popularidad que alcanzaría más tarde. Pero a pesar de la actitud distante por la que a menudo era criticada, Paul percibió que las pasiones «escritas» de Ida eran accesibles a todo el mundo desde sus inicios, salvo en el periodo «atonal» de principios de los años ochenta, cuando experimentó (incómodamente, dirían muchos) con la abstracción poética. Nada está oculto ni es remoto en Ida Perkins; todo está en la superficie, «ante ti»: así se titulaba su cuarto libro, que marcó un hito y fue citado e imitado por Lowell, Duncan, Plath y Gunn, entre otros. Lapidarios –obsidianos, incluso–, los poemas, no obstante, encarnan el sentimiento humano de una forma tan directa que andando el tiempo se reveló irresistible para cientos de miles de lectores. Paul vio también que algunos de los versos más característicos de estos poetas se los habían birlado a Ida. Piensen en «¡Brutalidad en la cocina!» (aunque se sabe que Ida rara vez cocinó algo), o «servilismo salvaje» o «El amor de los viejos no vale gran cosa», o incluso «La vida, amigos, es aburrida». Y luego piénsenlo otra vez. Sí, Ida llegó antes.

Pero todo el mundo –o casi– le copiaba. Paul advirtió su influencia en su desairado pretendiente Delmore Schwartz, en el tono plañidero del Roethke tardío, en todo Rukeyser, y en los poemas de amor ilustrados del periodo medio de Elspeth Adams, aunque en ninguna parte, como hemos visto (un silencio ensordecedor), en Bishop. Ida fue de uno de los escasos poetas que eludió la división entre escuelas estéticas. Los beats y los objetivistas le debían tanto como los formalistas de la Costa Este. El manantial, la libre y alocada Martha Graham de la poesía de mediados de siglo, su condesa descalza, con una pizca de picante a lo Dorothy Parker por si acaso, llevaba muchos años de ventaja a cualquiera, y era el antídoto viviente contra todo aquello de lo que ella procedía. Como la Venus de Botticelli, salía de la nada sobre una concha para educar a la retaguardia del modernismo. Citarla es en cierto modo inevitable: cabe decir que *Bringing Up the Rear* fue su antología más influyente, la que finalmente le otorgó la posición de diva... y unos solventes derechos de autor.

Gracias a Ida, además, no pocas veces la poesía se halló en el corazón de la cultura y la sociedad norteamericanas. Paul consideraba que el encuentro de Ida con Jacqueline Kennedy en la cena celebrada en 1962 en la Casa Blanca en honor de André Malraux, ministro de Cultura francés y héroe cultural todoterreno, constituía la materia del mito. Malraux estaba sentado a la derecha de Jackie, por supuesto, pero pocos se fijaron en que Ida ocupaba el asiento a la *derecha* de Malraux y que éste se pasó prácticamente toda la velada conversando *tête-à-tête* con ella (Paul supo que la había traducido hábilmente al francés, casi desde el comienzo, la primera mujer del crítico René Schorr, Renée, amiga íntima de Malraux). Jackie se pasó la mayor parte de la cena mirando al aire y despedazando su panecillo. Huelga decir que Ida no volvió a ensombrecer la puerta de la Casa Blanca durante el reinado trágicamente breve de los Kennedy, aun cuando más adelante fue una persona cercana a Rosalynn y Nancy, para sorpresa de muchos, y una especie de hada madrina de Chelsea, que estuvo dos veces en su casa en Venecia, junto con el equipo del servicio secreto

35

en pleno, durante el segundo mandato de su padre, cuando Chelsea necesitaba un respiro del Monicagate.

En los años sesenta Ida pasó de gran estrella literaria a celebridad pura y simple. Sin duda, la transición tuvo que ver con la simplificación y la apertura de su obra, que gradualmente perdió su dureza y se volvió legible para todo el mundo, sin perder nada de su originalidad y de su hondura. (Paul se preguntaba si habría sido gracias a la influencia de Trey Turnbull; ¿o el renombre alcanzado alentó a Ida a relajarse y clarificar, a pesar de que era constitutivamente incapaz de hacer concesiones intelectuales?) Vio que también su popularidad se debía en parte a su belleza natural, su proclividad a arriesgarse y, ante todo, a su notorio talento para el amor.

Por descontado, sus celosos «pares» refunfuñaron: ¿qué otra cosa hacen los poetas aparte de quejarse de los éxitos, tanto críticos como amorosos, de sus colegas? ¿Quién dijo que el motivo de que haya tantas murmuraciones entre poetas se debe a que hay poca cosa en juego? Ida había sido la excepción que confirmaba la regla. Para entonces había ascendido a una región de la fama que dejaba atrás prácticamente a cualquier otro escritor de cualquier tendencia. Olviden *The Hudson Review* y *Poetry.* Ahora *Time, Fortune, Ladies' Home Journal, Us News & World Report, Saturday Review, The New Yorker* —y hasta *Reader's Digest*— se desvivían por escribir sobre ella, entrevistarla y publicarla. Su anuncio publicitario para Blackglama, «What Becomes a Legend Most?»[1] —lustrosa marta cibelina sobre un

---

1. «¿Qué favorece más a una leyenda?» era el lema con que se anunciaba una asociación de criadores de visón, y Blackglama era el nombre de su marca comercial, un juego de palabras entre *glamour* y las iniciales de la asociación de ganaderos, GLMA. *(N. del T.)*

traje Chanel de tweed marrón y zapatos Oxford–, causó sensación. Una Meryl Streep cándida, con un toque de vampiresa y una llameante cabellera roja: eso era Ida al borde de los cuarenta.

Sus ocasionales y sigilosas apariciones en Nueva York y San Francisco en aquellos años eran objeto de una amplia cobertura mediática, y Paul descubrió que algunas veces eran inventadas. Cuando Janis Joplin cantó «Marginal Discharge» en Woodstock, Ida fue supuestamente avistada entre el público, aunque puede que fuera una fantasía agudizada por el ácido de alguna fan desesperada. Carly Simon y Carole King grabaron una versión a dúo de «Broken Man», la canción más sexy e inolvidable de Ida, que ganó un disco de platino en 1970 (Ida es la que toca la pandereta en segundo plano):

Hombre deshecho,
no eres más que piel y huesos,
hombre acabado,
como yo de piel y huesos.
Hombre deshecho,
¿por qué no puedo dejarte en paz?

Toma mi corazón
y tortúrame.
Rómpeme el corazón,
soy desgraciada.
Hombre deshecho,
¿llegaremos a ser libres?

Paul, de todos modos, prefería la versión del álbum de Turnbull, ganador de un Grammy, *The Ida Sessions,* en donde ella recita una docena de sus mejores poemas de amor, que Trey envolvía con las filigranas de los riffs humeantes de su saxo tenor.

En los setenta, durante el fugaz coqueteo de Ida con el maoísmo, cuando su obra se volvió estridente a juicio de muchos, fue la única persona que apareció simultáneamente en las portadas de *Rolling Stone, Tel Quel* e *Interview*. Pero para entonces se había juntado con el leonino Outerbridge, al que había conocido en Londres una década antes, y que ahora era prácticamente un paria como estalinista no arrepentido. Pronto ella desapareció más o menos en el nimbo del silencio veneciano de Arnold Outerbridge (hacía mucho tiempo que ya no publicaba). Ida siguió escribiendo, pero también su obra se volvió intimista, aunque su popularidad transversal entre los nacidos después de la guerra demostró una innegable capacidad de supervivencia a lo largo de las tres décadas siguientes. Un nuevo libro aparecía como llovido del cielo cada dos o tres años, y Sterling lo recogía y lo publicaba en Impetus para estupefacción y aclamación de todos. Ida fue convirtiéndose en una leyenda marginal, una gran y suspendida presencia ausente. Lo cual estimulaba el apetito de sus admiradores, que le fueron apasionadamente fieles incluso después de llegar a la edad madura.

Paul sabía todo esto, desde los primeros tanteos poéticos de Ida en el *Chestnut Hill Herbivore*, ya cargada de insinuaciones de su futura importancia, hasta los más exquisitos opúsculos suizos de los cincuenta y sesenta, publicados en ediciones de no más de veinte o treinta ejemplares de lomo dorado y encuadernados con piel de serpiente. Mientras todavía se encontraba en Hattersville llegó a ser, silenciosamente, un –no, *el más*– destacado conocedor de todo lo relativo a Ida; era su tesoro de adoración secreto, como los coches de juguete o los cromos de béisbol lo son para otros niños. Paul dejaba que sus condiscípulos divinizaran a Magic Johnson y Kurt Cobain; su obsesión con Ida Perkins la convertía en suya, y sólo suya, de una forma que nunca sería posible con una mujer de carne y hueso. Y custodiaba celosamente a su heroína, aunque no podía evitar alardear de algunos de sus descubrimientos ante Morgan, a la que dejaba atónita aquella fijación maniática con su poeta incomparable.

«¿Qué he activado aquí? Hay *otros* escritores, Paul», le amonestaba, poniendo los ojos en blanco. «Tenemos a Eliot, o a Faulkner, o a Stevens, o incluso a la incomprendida Emily D. Hell, hasta tenemos a Arnold Outerbridge.»

Paul se limitaba a menear la cabeza. Cada palabra de Ida era oro puro. Nadie se podía comparar con ella.

Poco a poco se empezó a hablar en los círculos académicos de que un chico excéntrico de Hattersville, Nueva York, era el mayor experto en la esquiva Ida, y con el tiempo Paul se vio inundado de consultas biográficas y bibliográficas, e incluso interpretativas, que le enviaban estudiantes licenciados y más tarde renombrados estudiosos del modernismo. «¿Qué son todas esas cartas extrañas que recibes, Paul?», preguntaba Grace Dukach suspicazmente a su hijo, y se encogía de hombros, sin comprender, cuando él le mostraba las cartas de los departamentos de inglés de Purdue, Baylor y Yale.

Incluso tuvo una relación bastante poco agradable con Elliot Blossom, gurú de la crítica y supuesta autoridad entre los poetas contemporáneos. Blossom había escrito en *The Covering Cherub* que las «manchas de ciclamen» en «Attis», el texto central de la incendiaria antología de Ida de 1970, *Remove from the Right*, se refería a la sangre derramada en Vietnam. Paul, sin embargo, había puntualizado, en una carta al redactor editorial de *Cherub* que desde entonces se ha erigido en una valorada pieza de sabiduría académica, que la expresión se repite dos veces en otros pasajes de su obra: en el poco conocido poema primerizo «Verga», de 1943, y en «Nice Weather», un texto en prosa inédito de finales de los cincuenta que describe un charco de semen seco en el muslo de su amante dormido (supuestamente el de Harry Mathews). Blossom se retractó enojadísimo, y Paul comprendió que sus posibilidades de cursar una carrera universitaria se habían reducido casi a cero.

Cosa que a él no le disgustaba, porque había llegado a comprender que lo que quería era mantener relaciones con los escritores de su generación que iban a ser los herederos de Ida, aun cuando él ni siquiera se imaginaba que pudiera ser uno de ellos. A instancias de Morgan, se había ido al sur y se había matriculado en la Universidad de Nueva York (en ¡Nueva York!), donde sin gran imaginación se licenció en lengua y literatura inglesas, dirigió la revista literaria de la facultad y más o menos vivió en la Biblioteca Bobst, en Washington Square. Consiguió un trabajo de estudiante en la colección de manuscritos después de clase y durante las vacaciones de verano, y en las pausas del almuerzo frecuentaba la Strand y las otras librerías de viejo de la Cuarta Avenida, la mayoría de las cuales pronto serían aniquiladas por Internet.

También había caído bajo el hechizo del poeta y crítico Evan Halpern, flaco como un alambre, y cuya opinión sobre Ida era más tibia que la de Paul, y al que le gustaba chincharle sobre su obsesión.

–Me temo que Ida Perkins no está a la altura de Elspeth Adams, Paul –le atacaba Evan, confrontando a la profesora más querida de la universidad con la poeta a quien más admiraba, y preparándose para el bombardeo al que sabía que iba a someterle su joven discípulo–. No tiene nada de su finura, nada de su peso histórico.

–Lo único que pretende usted es irritarme –replicaba Paul–. Sabe lo que pienso de la señorita Adams. Es la mejor profesora que tendré nunca –sonrió desafiante al decirle esto a Evan– y una poeta inolvidable. Pero no posee la osadía ni el alcance ni la *joie de vivre* de Ida. Es tan meticulosa y depresiva... y... y reservada... Nunca se divierte; al menos no por escrito. Siempre es la amante no amada, la perdedora, la abandonada. Ida es tan franca y abierta en todo... Y también sabe pasarlo bien.

–Precisamente. Nada de implicarse, ningún subtexto trágico. Ida es un libro abierto, plano, declarativo, siempre comprometida y enfrascada. Es una pelmaza extasiada y monótona.

Paul disfrutaba secretamente del modo en que su profesor le chinchaba a causa de su idolatría, pero no estaba en absoluto dispuesto a admitir ante nadie, y menos ante Evan, que Ida no era la perfección. Había apostado tanto en su inversión que no pensaba someterla a ningún tipo de prueba. Sin embargo, siguió el consejo de Evan y escribió su tesis de licenciatura sobre otro autor: eligió a Arnold Outerbridge y se concentró en la influencia que su obra de posguerra había ejercido sobre Ida.

En la universidad Paul también empezó a aceptar lenta, dolorosamente, que prefería a los chicos antes que a las chicas, y vivió una serie de amoríos que le procuraron un júbilo intenso, pero más a menudo una desdicha que él consideraba una fiebre de baja intensidad de la que no lograba deshacerse. Ted Curtis, un compañero de la clase que Evan impartía sobre poesía simbolista, fue su primer amor serio. Rubio taciturno, natural de Pensilvania, Ted era un genuino heterosexual, pero necesitaba desesperadamente un re-

41

fuerzo positivo. La atracción a la que Paul no correspondió realmente, pero que tampoco rechazó del todo, los consumió a ambos durante los años universitarios, hasta que Ted se fue a estudiar derecho a Berkeley y perdieron el contacto.

El amor físico seguía siendo escurridizo para él. Le atraía y le aterrorizaba. Era finales de los ochenta, después de todo, los días más aterradores de la plaga. Rodeado por todas partes de juventud insolente y belleza, Paul miraba y deseaba, pero no se atrevía a tocar.

A medida que se acercaba la hora de licenciarse estaba cada vez más preocupado por lo que iba a hacer con su vida. El terror se apoderaba de él al pensar en que tendría que volver a casa de su familia en Hattersville, una muerte en vida. Presa del pánico, tras consultarlo con Morgan decidió que intentaría trabajar en la edición, ya que tenía que ver con libros y escritores, las únicas cosas que le importaban. Morgan, que, como Paul había llegado a entender, era una de las más respetadas libreras del país, le concertó una entrevista con su amigo Homer Stern, el principal editor literario de su generación, según Morgan. «Es un grandísimo canalla», le dijo, con un brillo cómplice en los ojos. «Pero te enseñará más sobre edición en un día que lo que aprenderás nunca en otro sitio.»

Homer no dejó de pavonearse y gesticular cuando Paul le visitó, pero, ay, no tenía puestos vacantes. Sin embargo, resultó que sabía que había un puesto en el departamento de derechos de autor en Howland, Wolff, y poco después Paul pasó a formar parte de la población activa, con un sueldo de trescientos dólares semanales y tantos libros gratis como pudiese acarrear a su cuchitril, un estudio en Chelsea.

Su talante, por lo general risueño, en gran parte adoptado a imitación de Morgan, que se las ingeniaba para aparentar aunque no estuviera alegre, junto con su criterio, que llegó a ser sólido gracias al adiestramiento de Evan y sus vastas lecturas, le granjeó la confianza de Dan Wolff y Larry Friedman, y al cabo de un par de años ascendió al puesto de editor júnior en HW. Pero P & S continuaba siendo su ideal.

Cierto que era legendariamente asquerosa su sede en Union Square, el principal punto de reunión de drogadictos de la ciudad, y que los salarios eran bajísimos, pero la lealtad casi religiosa que Homer inspiraba a su equipo era un canto de sirena para Paul. ¡Eso y los autores! No sólo la temible Pepita Erskine, el perfeccionista Iain Spofford y el hipercool Thor Foxx, sino el joven e inquietante E. C. Benton, que había surgido como Atenea de las montañas de Carolina; o Grenada Brooks, la promesa de la literatura caribeña; o Dmitri Chavchavadze, el imponente poeta georgiano; y el australiano Padraic Snell; y St. John Vezey, el vate nacional sudafricano, y... y... y... La lista era prácticamente interminable. Algo casero, familiar —¿o era paternalista?—, en su trato con los escritores hacía que lo chic y andrajoso de la editorial resultara fatalmente atractivo para Paul. Estaba prendado de las sobrecubiertas y la tipografía elegantes de Caroline Koblenz, que rendían un sutil homenaje a la obra de W. A. Dwiggins, el genio que había detrás de las magistrales cubiertas y composiciones de Knopf, que mucho tiempo atrás habían establecido un nivel inalcanzable en el diseño de libros. Amaba el peso de los que sostenía en la mano. Amaba los colores de su encuadernación. Amaba su olor.

Unos años más tarde, después de haber trabajado en HW con una serie de novelistas y periodistas presentables, aunque lejos de ser inmortales, quedó por fin vacante un puesto en el departamento editorial de Homer y, de nuevo con la ayuda de Morgan, Paul pudo dar el salto. Homer le llevó a un almuerzo ceremonial en su garito cotidiano, el Soft-shell Crab, y allí los dos despacharon un chupito de vodka junto con las populares hamburguesas de atún con wasabi. Paul empezó a trabajar dos semanas después.

III. POR FIN EN CASA

Se había sentido como en casa en cuanto entró en el recibidor encajonado y mal iluminado de P & S. El lugar se parecía más a su idea de las oficinas de una revista porno (al parecer había una arriba, al fondo del pasillo del centro de desintoxicación de la octava planta) que a un templo de la literatura contemporánea. Un sofá roto y unas mamparas de cristal esmerilado rivalizaban en llamar la atención con diplomas de los Premios Pulitzer, los National Book Awards y los National Book Critics Circle Awards, ganados por autores de la casa y desparramados en caótico desorden sobre la mesa desvencijada de la recepcionista, junto con anuncios menos vistosos, como la mención honorífica a la mejor tipografía otorgada en 1969 por la Federación de Diseñadores Norteamericanos. De hecho, P & S estaba especializada en premios Nobel, pero no había placas de ellos, tan sólo las medallas de oro que Paul había visto en el escritorio de Homer durante sus entrevistas. Aquella misma mañana le habían dado un cubículo en el lado sur del pasillo (en el almuerzo, Homer lo había denominado «un bonito despacho con ventana»), equipado con una consola de ordenador coreano con forma de caja y un teléfono, las dos cosas en aparente buen estado.

Los manuscritos de agentes literarios aparecían en cajas ordenadas, de color gris o azul cielo, encima de su viejo pupitre de escuela picado, o en maltratados sobres de papel manila si los mandaban escritores sin agente, y él los leía con el necesario distanciamiento expectante. En el noventa por ciento de los casos, bastaba leer una o dos páginas para determinar si el autor sabía escribir. El noventa por ciento de las veces, con o sin caja, no sabía. De vez en cuando, sin embargo, las palabras eran congruentes, las frases se seguían unas a otras con una armonía convincente y Paul empezaba a sentir una perturbadora combinación de júbilo y miedo; júbilo por la aptitud lingüística y psicológica de lo que estaba leyendo, y miedo, conforme avanzaba, de que aquel escritor de dotes innegables perdiera el rumbo y echara a perder su creación antes de que él pudiera terminar la pila de páginas.

Cuando, milagrosamente, el texto era bueno, corría al despacho de Homer loco de emoción, gritando: «¡Tenemos que publicar esto!» Lo cual, por sorprendente que fuera en su experiencia, era música para los oídos de Homer. «¡Corre, corre, corre, chico!», gritaba él a su vez, como si espoleara a un caballo de dos años en el hipódromo. Paul rateaba, como decía Homer, con el agente acerca del anticipo –normalmente no más de veinticinco mil o treinta mil dólares en aquel entonces– y bastante a menudo, *mirabile dictu,* se hacían con el manuscrito, y con su autor, para mimarlo, darle vueltas y maquillarlo hasta transformarlo en una novela impresa y encuadernada o un libro de cuentos o de poemas o ensayos o reportajes que se anunciaba a bombo y platillo, como algo que nadie debía perderse, a las librerías y críticos y a esa especie en peligro de extinción, los libreros al por menor.

46

Muchos libros de P & S resultaban ser un poco más «especializados» –¿o deberíamos decir «tipo Impetus»?– de lo que generalmente solía gustar. Paul suscribía el dicho de Larry Friedman, de Howland, Wolff, de que un editor o bien dirigía el gusto del público, o bien lo perseguía. Él quería dirigirlo, introducir voces nuevas, hacer que el lector ordinario lo fuese un poco menos, lo que al fin y al cabo era la misión declarada de la editorial; pero a veces se cansaba de oír cuánto les costaba colocar sus libros a los viajantes, un grupo de vendedores a comisión, hombres y mujeres veteranos encallecidos y aficionados a la bebida que en el fondo amaban tanto los buenos libros como cualquiera de la oficina, si no más, pero tenían que ganar dinero, al igual que Homer y Co., aunque los editores con frecuencia parecían ignorar que esto era un aspecto fundamental de su trabajo. De modo que los departamentos de ventas y marketing, al mando de la cool y supercompetente Maureen Rinaldi y el experto en mercados Seth Berle, que parecían de especies diferentes pero funcionaban de maravilla juntos, a pesar o a causa de ello, emperifollaban los nuevos libros de Brooks, Burns o Burack con una sobrecubierta preciosa y un eslógan sólo ligeramente engañoso y los entregaban como si fueran más fáciles de digerir de lo que realmente eran. A veces, Paul murmuraba, no demasiado alto, que era tarea de P & S poner al alcance del público desprevenido unos cuantos libros buenos; no se le engañaba con tanta frecuencia.

Con todo, en sus años en la editorial, él y sus colegas editores habían conseguido descubrir a una serie de escritores que habían llegado a formar un grupo identificable, en realidad casi una generación propia, que habían hecho una contribución notable a la cultura *y* eran solicitados por sus lectores. *Nightshade,* de George Howe Nough;

Subtle Specimens, de Julian Entrekin; la exitosa segunda novela de Nita Desser, *Mud Rambling;* y *Show Me the Mountain,* de Eric Nielsen, representaron un gran avance hacia la definición de la estética y las inquietudes del momento. Nielsen y Entrekin, en particular, fueron enormes éxitos de ventas y ganaron premios importantes (Paul a veces aludía a ellos en la oficina como «Hemingway y Fitzgerald»), y Nielsen, con su cuarta novela, *The Insolent Hours* –Paul estaba especialmente contento de que a él se le hubiese ocurrido el título–, se había erigido en el novelista de moda.

Lo que más le gustaba a Paul era trabajar con los autores en sus textos. Algunos manuscritos –los menos frecuentes– llegaban a su escritorio prácticamente perfectos y sólo había que imprimirlos, pero la mayoría exigían podas, o incluso en ocasiones la amputación de uno o dos miembros. Algunos escritores querían que se los llevara de la mano mientras su libro se desarrollaba año tras año, aunque continuamente Paul veía que aprendían a escribir sus libros... escribiéndolos; cuando terminaban reconocían que lo que había que hacer era volver al principio y redactar de nuevo la primera mitad a la luz de lo que había cuajado en la segunda. Y lo único que querían otros era regodearse en la calurosa aprobación de Paul. Lo que realmente le encantaba a la gran Pepita Erskine era sentarse a la larga mesa en el despacho de Paul y revisar el manuscrito con él, palabra por palabra. Irradiaba gozo por la plena atención que él le prestaba, aunque fuera crítica, y el propio Paul nunca se sentía más solicitado o apreciado que durante esas castas fiestas de amor. Apenas le importaba que al día siguiente pudieran cruzarse por la plaza y ella no le reconociera.

A lo largo de la década, libro tras libro, una temporada

tras otra, Paul y Daisy Kenneally y Maureen y Seth y otros habían logrado sumar a una nueva generación al fondo literario de la editorial. Paul llamaba a Morgan de cuando en cuando y le hablaba de los manuscritos increíbles que había leído, o de las balas que había esquivado o de las obras maestras que muy a su pesar habían ido a parar a otro editor, y de las groserías que perpetraba a diario su jefe.

«¡No te vas a creer lo que hizo Homer anoche!», le contaba. «Llamó "vendedor de dentífricos" a Tim Tudow». Tudow era un agente literario al estilo de Hollywood, aunque no exactamente de primera, que lucía una sonrisa perpetua de gato de Cheshire. «¡Se lo dijo a la cara!»

Morgan escuchaba con la zalamería o indignación requeridas lo que Paul le contaba de las rencillas intestinas, los chismorreos, las típicas mezquindades graciosas que hacían a P & S —y a la edición— tan divertida. Ella bufaba al oír los enredos amorosos de los compañeros de trabajo de Paul, o las tácticas turbias de sus competidores y los escandalosos anticipos que estaban dispuestos a pagar —¡hasta cien mil dólares por una primera novela!—, o las descabelladas peleas que Homer entablaba con otros editores, a los que vociferaba de buen grado en público ante cualquiera que le oyese, sobre todo si era alguien, hombre o mujer, que trabajaba para un periódico importante.

«Música para mis oídos», canturreaba Morgan, con su acento falso de Iowa, dando otro sorbito de Chardonnay durante sus citas nocturnas por teléfono. «¡La comedia humana! Me mantiene joven.»

Para Paul, como para muchos de sus colegas, la editorial había resultado ser un refugio de un mundo despiadado. Su trabajo era su vida, aparte de algún devaneo ocasional que no conducía a nada. Muchos de los escritores a los que él había idolatrado de estudiante eran autores de la casa, y algunos de ellos eran ahora «suyos», dado que sus antiguos editores se habían jubilado o habían aceptado un trabajo con un sueldo mejor en otra parte. Todo el mundo creía que cualquier autor con un mínimo relieve era automáticamente propiedad personal de Homer. Sin embargo, Pepita Erskine y Orin Roden y el divino Padraic Snell, que iba rompiendo corazones por doquier, contestaban a las llamadas de Paul y le encargaban recados, y él los hacía encantado. Esto llegaba al extremo de que a ojos de muchos miembros de la estrecha comunidad de agentes, escritores y periodistas y otros editores, Paul y P & S se habían convertido en sinónimos. Al reparar en esto, tumbado en su camastro, combado y encajado entre montones de libros, galeradas y manuscritos en su edificio sin ascensor de la calle Diecinueve Oeste, a veces movía la cabeza con un gesto de agradecido asombro.

Aun así, el escritor que más le importaba a Paul, la siempre incandescente Ida Perkins —«la bruja que se marchó», rezongaba Homer cuando se sentía competitivo y rencoroso, cosa que le sucedía siempre que no se sentía triunfante—, no estaba en absoluto cerca de Union Square. Paul se enteraba con envidia de que ella acumulaba premios en todo el mundo, salía en *Charlie Rose* y en los programas de Bill Moyer, e incluso *The Oprah Winfrey Show* le dedicó una hora entera de programa una tarde inolvidable de enero, y daba lecturas multitudinarias en los lugares más famosos agotando las entradas, y vendía un número de ejemplares extraordinario para un poeta. Y mientras él observaba todo esto, libro tras libro, año tras año, sentía que el incurable dolor de la pasión no correspondida se transmutaba en un anhelo agridulce. Ida y él eran ya como una antigua pareja; habían pasado por muchas cosas juntos y siempre estarían unidos; al menos en su cabeza.

50

Había experimentado una clase de dolor más inmediato a causa de Elspeth Adams cuando estudiaba su poesía en un taller de la universidad, tan abrumado de amor e insuficiencia que casi enmudeció. Estar en su presencia, cuando llegó a conocerla, había sido tan parecido a lo que quería que no pudo disfrutarlo; estaba literalmente enfermo de veneración. Le dolía el estómago cuando le invitaban a cenar en el apartamento de la señorita Adams. Parecía una abuela, elegante pero sobriamente vestida, sin pretensiones pero con la callada dignidad de quien conoce su valía. Insistía en llamar por el apellido a sus alumnos; para ella, él era el «señor Dukach» y ella la «señorita Adams». A Paul le encantaba este trato, como todo lo demás en ella. Le cautivaba el ronroneo de su voz matizada por el humo, el estilete de su ironía rasante, su desdén educadamente expresado por todo lo que era ruidoso y ostentoso en sus contemporáneos. Las poetas como Audrey Dienstfrey, que recitaba ante auditorios en trance, con el refuerzo de una banda de rock, gimiendo ensalmos sobre las vicisitudes de sus genitales, eran anatema para la señorita Adams, aunque era casi un secreto a voces que mantenía una serie de idilios inestables con mujeres más jóvenes. Poseía una de las inteligencias más aceradas que Paul había conocido. Su sentido de sí misma, de su feminidad, tenía tantas capas que no era fácil analizarlo.

La última vez que la había visto fue cuando él trabajaba aún en HW, en un congreso de la Asociación del Lenguaje Moderno celebrado en Nueva York. John Adams (ningún parentesco) había estrenado su ciclo de canciones «Starlight», basado en un grupo de poemas maravillosos del libro con el que había ganado el Pulitzer, *Intergalactica*, cantados por la etérea Viridiana Bruck. Unos meses después, a los sesenta y seis años, había sufrido un ataque cardiaco y murió sola en su apartamento con vistas a Brooklyn Heights Promenade.

El círculo de íntimos de Adams, súbitamente ampliado, llamaba a Elspeth por su nombre de pila ahora que había fallecido, pero Paul vacilaba antes de emplearlo cuando, para su sorpresa, le nombraron editor responsable de su obra, después de que Georges Savoy se jubilara. Sentía una intensa lealtad y responsabilidad hacia la señorita Adams y su obra, aunque siempre había considerado a Ida una escritora más ambiciosa e intrépida. Atesoraba las cartas que Adams le había escrito dentro de su ejemplar de los *Collected Poems,* cuya encuadernación corría el riesgo de deshacerse, y había colgado su fotografía al lado de la de Ida encima del escritorio de su casa.

Pero cuanto más se integraba Paul en su trabajo editorial, más se percataba de que poco a poco perdía parte de la veneración por los escritores con los que colaboraba. Ya no le cohibían, aunque su talento con frecuencia seguía asombrándole. Al final, la señorita Adams también había tenido que convertirse en Elspeth. No era posible trabajar con alguien durante mucho tiempo, por muy brillante que fuera, sin acabar de algún modo llamándole por su nombre de pila. Había llegado a comprender que los escritores eran como todo el mundo, salvo cuando aún lo eran más. A veces daba la impresión de que habían podido desarrollar sus dotes gracias a su desinhibición, a un permiso interior para sentir y actuar que les hacía parecer ensimismados e insensibles a la existencia del prójimo.

Pepita Erskine era un excelente ejemplo. Había nacido negra y pobrísima en Detroit, pero a golpe de brillantez, valentía y fortaleza de carácter se había convertido en una fuerza moral e intelectual con la que contar, incluso desde muy joven. Había atravesado el país en coche para llegar a

Nueva York después de una carrera estruendosa en Berkeley, donde había sido una piedra en el zapato para el dirigente radical estudiantil Ronnie Morrone, al que ella acusó con razón de racista y sexista, y había empezado a dejar su impronta a escala nacional como columnista de la contracultura en *The Daily Blade*.

Al vilipendiar el autobombo de los literatos progresistas, Pepita había impedido con notable éxito que la etiquetasen como negra o escritora o izquierdista o renegada sexual. Era también una infatigable devoradora de cultura que se nutría de todo elemento educativo que cayera en sus manos: poesía, teoría literaria, danza, música, teatro, cine. Tenía un deseo insaciable y una necesidad irrefrenable de conocer, de experimentar, de opinar. Y su insaciabilidad alcanzaba a los propios creadores, porque Pepita tenía problemas con los límites. Una persona tan constitutivamente crítica como ella confundía a menudo la aprobación con la pasión, y sus aventuras con los escritores, bailarines y artistas a los que admiraba eran de dominio público. Paul los llamaba los «seminarios de Pepita», sesiones privadas con los maestros en sus respectivos campos, celebradas a sus pies y en ocasiones en su cama. Pepita no hacía diferencia entre hombres y mujeres, siempre que sus objetos elegidos hiciesen sudar tinta a su formidable intelecto y aplacaran momentáneamente su necesidad de reconocimiento y respuesta. Estaba literalmente enamorada del arte; cabría decir que menos de los individuos que lo creaban y que a menudo resultaban tener necesidades inoportunas y egos propios que a veces eclipsaban al suyo.

Homer siempre llamaba Gati a Pepita. Tenía motes para muchos de sus mejores o peores aliados. (A veces era difícil ver la diferencia.) La Ninfo, el Delfín, el Enano y el Canadiense Poco Usado, significara eso lo que significase, sólo eran algunos de los personajes en la eterna comedia que para él era el oficio de editor.

Un día Paul se armó de valor para preguntarle: «¿Por qué llamas Gati a Pepita, Homer?» A lo cual éste respondió, con toda naturalidad: «Porque es una dulce gatita.»

Y bien. Entre los atributos de Pepita –brillantez, originalidad, valentía, estridencia, arrogancia, dependencia, narcisismo–, la dulzura no era el más destacable. De hecho, su apodo en la oficina, «la Ronroneante P», expresaba todo lo que había que saber sobre sus relaciones con el personal. El mote de Homer mostraba que más de una vez había sido destinatario de las zarpas gatunas –u osunas– de Pepita; en efecto, era evidente para todo el mundo que ella lo tenía subyugado.

Al fin y al cabo, la voz de Pepita –insolente, fustigada por una seriedad germánica, mitigada y animada por un toque de baile e insistente en su propia cualidad de intachable– se había convertido en el sello distintivo del estilo de P & S. En un momento crucial de su historia, el alcance intelectual de Pepita y su tropismo para la controversia habían conferido a la casa un aura de urgente relevancia cultural que nunca había perdido. Pepita Erskine, el flagelo del liberalismo blanco, se había convertido en la niña mimada de ese mismo liberalismo y en la autora de P & S por antonomasia. Ella sin duda lo creía así, Homer lo refrendaba, y ambos mantenían una relación recíprocamente intensa –en parte de padre e hija, en parte de trabajo, en parte de coqueteo (Paul había oído que habían sido amantes; no podía estar seguro, pero sabía que para Homer toda relación complicada con una mujer tenía que ser en cierto modo sexual)– y cien por cien transaccional.

Paul recordaba que, mucho antes de trabajar para Homer, le había encontrado almorzando con Pepita en el viejo restaurante del número 1 de la Quinta Avenida. Estaban sentados el uno al lado del otro, llevaban chaquetas de piel a juego y exudaban una cordialidad que a Paul le pareció ligeramente poscoital. La encantadora Meredith Gethers, la agente con la que Paul se había citado aquel día, le llevó hasta el banco que ocupaban para saludarlos. Homer estuvo educado, sólo lo justo, pero cuando Meredith empezó a lamentar la feroz reseña publicada en *The Daily Blade* sobre la nueva novela de su cliente Earl Burns, él la cortó en seco. «Naderías», se burló, con un ademán despectivo, antes de volverse hacia el verdadero objeto de su interés.

Uno de los más notables seminarios de Pepita había sido con Dmitri Chavchavadze, el poeta georgiano emigrado. El hecho de que viviese en Atlanta, donde ocupaba una cátedra en la Emory University, sembraba confusión porque la gente muchas veces no sabía muy bien qué clase de georgiano era. En 1982, a su llegada a Nueva York tras haber sido expulsado de la Unión Soviética de Brézhnev, Dmitri había sido agasajado por las celebridades de Manhattan, hasta que chocaron contra su política derechista de ala dura, y para entonces era demasiado tarde. Antes de que pudieses decir *Bozhe moi,* Pepita y Dmitri se habían vuelto inseparables.

Pepita, que tenía una magnífica tez de ébano, realzada con una pintura de labios rojo cereza y un cardado afro, vestía como una Seven Sisters mixta de antaño, con falda acampanada de pana y mocasines, mientras que Dmitri, con su perilla y su figura rellenita, parecía lo que era, un avejentado intelectual emigrado que vivía de subsidios de desempleo en el mundo académico norteamericano. Su seminario sólo duró unos meses, porque el ego de Pepita había encontrado en Dmitri algo más que la férrea horma de su zapato. Paul solía decir que no se llegaba a ser Dmitri Chavchavadze o Pepita Erskine a base de simpatía (la guerra de Pepita con Susan Sontag a propósito de los personajes negros en los dramas de Jean Genet había sido prácticamente nuclear). Pero Dmitri, con su inamovible aversión al comunismo, su intransigente compromiso con el formalismo poético y su desdén agresivo por sus inferiores intelectuales, se llevaba la palma.

El odio de Dmitri hacia sus torturadores soviéticos significaba que aprobaba a todos los anticomunistas, el primero de ellos Ronald Reagan, y consideraba a los simpatizantes de la izquierda «idiotas peligrosos». Fue durante su efímero idilio cuando comenzó el notorio giro a la derecha de Pepita. De ser la adversaria que luchaba a brazo partido contra el conformismo *midcult* de sus primeros ensayos, en unos años pasó a erigirse en defensora del tan vilipendiado canon literario, ya al borde de la desaparición; en la suprema devoradora de grandes clásicos que en otro tiempo había sido en Black Bottom, donde, cuando era una adolescente de dientes prominentes, había inhalado volumen tras volumen toda la biblioteca moderna.

Dmitri era considerado el poeta georgiano más importante del siglo, y la Academia Sueca corroboró esta opinión concediéndole el Premio Nobel a los treinta y ocho años, una edad tan temprana que no tenía precedentes. Decían que sus poemas en ruso eran a la vez hipnóticamente líricos y cínicamente desafectos, pero algunos veían en sus versiones inglesas, que se empeñaba en hacer él mismo, un pastiche involuntario que partía de una comprensión insuficiente de la lengua de destino. Aun así, su estatuto de luchador por la libertad, combinado con su brillantez y su implacable actitud radical, le confería una inexpugnable autoridad. «¡Es una mierda!», gritaba para referirse a la obra de cualquier escritor al que no apreciara, que eran la mayoría. «¡Una mierda, pura mierda!» Esto pasó a ser una técnica de argumentación infalible, ya que pocos tenían la temeridad de discrepar, excepto, en ocasiones, la intrépida Pepita. Y la relación de ambos se estrelló contra... ¿quién, si no Ida Perkins?

Dmitri había conocido a Ida y a Arnold Outerbridge en Venecia, poco después de que lo expulsaran de la Unión Soviética. Huelga decir que sólo sentía desprecio por Outerbridge, a quien ridiculizaba como a un apologista del peor criminal de la historia moderna. De modo que su encuentro, como cabía esperar, no había ido bien. La prima de Homer, Celine Mannheim, la coleccionista de arte modernista, que era la casera de Arnold en Venecia –Ida y él vivían en un apartamento que daba al exuberante jardín de Celine en Dorsoduro–, había dado una recepción en honor de la llegada de Dmitri y había sufrido la conmoción de encontrar que su encantador nuevo trofeo social estaba montando una escena, insultando a su inquilino en su propio salón. También huelga decir que Ida se había indignado y había tomado partido. «Honor georgiano», su mordaz comentario sobre el antiestalinismo estalinista de Dmitri, había suscitado el más largo intercambio de cartas en la historia de *The Protagonist*, la feroz revista de izquierdas. Pepita, para sorpresa de muchos, se había puesto de parte de Arnold (y de Ida), cosa que a Dmitri le había parecido intolerable.

«El señor Chavchavadze, a pesar de su sagacidad política, no ha conseguido asumir el papel vital desempeñado por Arnold Outerbridge denunciando el filisteísmo defensivo de la sociedad norteamericana de antes de la guerra, y la promesa de una alternativa, por decepcionante que finalmente resultara, que representó en otro tiempo la Unión Soviética», escribió Pepita en la quinta *réplique* de su catorceavo intercambio de cartas con Dmitri, que sería fatal para la relación entre ambos.

«Siempre están igual», le habían oído mascullar a él después de concluir su diálogo cada vez más acerbo, aunque no especificó a quién se refería exactamente: ¿a los norteamericanos, a los escritores, a los compañeros de viaje socialistas, a las mujeres, a los negros? Podía aludir a cualquiera.

Con todo, Pepita y Dmitri, juntos o separados, eran siempre y solamente ellos mismos. Pepita sabía lo que sabía, y no toleraba discrepancias. Pero Dmitri era la horma de su zapato, un monumento al egoísmo de los trascendentalmente dotados. Ambos eran insufribles, tanto el uno para el otro como para los demás; quizá incluso para ellos mismos, de uvas a peras. Pero, a semejanza de Pepita, Dmitri, a pesar de su perilla puntiaguda y su oronda barriga, poseía un carisma indiscutible. Incluso sus desaires a otros poetas —exceptuando a Snell y Vezey, los otros dos Ases de Homer, que estaban automáticamente excluidos— eran deliciosos. Dmitri sabía que era un malvado, y había una chispa de alegría en sus ojos cuando más se desmandaba, como si te hiciera cómplice de una broma: la de sus despropósitos.

«Editar sería maravilloso sin esos puñeteros autores», se quejó en una ocasión un colega desencantado de Homer. No era así para Paul. Él flotaba en un mar de embeleso, fustigado por los antojos de la dependencia y el ensimismamiento exagerados de sus escritores, pero animado por la recompensa de ayudarles a que su obra viera la luz del día. Él, que estaba asediado por las dudas —sobre su talento, su idoneidad para el amor, su aptitud para la felicidad—, ni por un minuto cuestionó nunca el valor de lo que estaba haciendo. Estaba hecho para aquel trabajo y lo sabía. Por tanto mantenía la cabeza gacha, en paz con su tarea, mientras su vida pasaba volando.

IV. EL MUNDO DE STERLING WAINWRIGHT

Paul conoció a Sterling Wainwright, que a los setenta y ocho años empezaba a encorvarse bastante, en el otoño de 2005, en una lectura de nuevos poetas organizada por Impetus en la New School, cuando llevaba siete u ocho años ocupando su puesto en P & S. Con su consabida pipa y su elegancia algo raída, Sterling desprendía una soltura patricia y una franqueza impersonal que al joven le pareció fascinante, aunque un poco intimidatoria.

«Venga a verme», le había invitado Sterling, pero Paul, que era tímido con las personas a las que admiraba, se tomó su tiempo para responder al ofrecimiento. Cuando reunió las agallas para llamar, se vieron una tarde para tomar un té helado en el Cornelia Street Café y luego fueron al domicilio de Sterling en Barrow Street para tomar algo más fuerte. Hablaron del oficio durante horas: de poetas, traductores, de la historia de Impetus y de otros temas interminables, y Paul salió de allí cautivado por su anfitrión, tan directo, tan curtido, tan lleno de falsa modestia.

Y Sterling también pareció interesarse por Paul, satisfecho de que un miembro de la generación más joven supiese lo suficiente para apreciar lo que él y su gente habían hecho en sus años mozos. Sterling necesitaba dar testimonio, transmitir su saber y experiencia, y manifestó su estupor por el profundo conocimiento que Paul tenía de Ida y de su obra. Dio la impresión de que había encontrado en Paul al receptor y discípulo fiel que había estado esperando.

Sugirió que siguieran hablando y cada par de semanas Paul le visitaba para otra ronda de historias sobre Outer-bridge, Ida y los demás autores de Sterling, tan distintas de las de Homer pero igualmente imponentes en su enrarecida concentración en los modernistas más experimentales. Gradualmente se fue desarrollando una camaradería. Paul, cuya capacidad para adorar a los héroes era infinita, se encariñó con el anciano. Estaba seguro de que Sterling lo notaba y se congratulaba de la admiración de su joven amigo. Parecía que el hecho de que Paul trabajase para uno de sus enemigos de la profesión sólo aumentaba su atractivo a ojos de Sterling.

La antipatía entre Homer y Sterling era tóxica. Paul estaba acostumbrado a las diatribas de Homer contra Sterling e Impetus, pues llevaba años oyendo las disputas entre ambos a causa de los autores. Incluso ahora seguían peleándose por quién debía publicar las cartas de Giovanni Di Lorenzo. Paul había rechazado los últimos y bastante flojos poemas y relatos de Di Lorenzo y éste se los había ofrecido a Impetus, pero su viuda había cogido por banda a Homer en una fiesta y le había implorado que publicase los textos inéditos de su difunto marido. Homer, que sorprendentemente podía ser un buenazo cuando se trataba de esposas e hijas, se sintió en la obligación sentimental de complacerla, espoleado sin duda por la implicación de Sterling. También habían litigado por la obra temprana de Targoff y por el Roden de la etapa intermedia. Pero

Paul siempre intuyó que Ida revoloteaba en un segundo plano.

Cuando Paul dejó caer que había conocido a Sterling, Homer se había mostrado presuntuosamente condescendiente.

—No me había dado cuenta de que seguía trabajando. Aunque nunca lo ha hecho. —Se dio unas palmadas lánguidas en la boca, como imitando un bostezo—. Sterling Wainwright trabaja un día al año.

—Parece que Impetus va viento en popa, mejor que nunca —replicó suavemente Paul.

—Dime su último éxito de ventas. He oído que Wainwright se pasa todo el tiempo fuera de Nueva York. Dios, ojalá quebrara para que yo pudiera meterle mano a Ida Perkins.

Su bostezo se convirtió en una carcajada.

Sterling le transmitía a Paul las mismas vibraciones.

«¿Cómo está Homer?», le preguntaba cuando se veían, una pregunta que era cualquier cosa menos inocente. Para Sterling, Homer personificaba todo lo que se había ido deteriorando la edición en el curso de su carrera: el gritón e inculto Homer era un mercader puro y simple, que no dejaba de arrojar majaderías insustanciales al mercado, como todos los peces gordos, en detrimento de la Literatura. Descuidaba los detalles, engatusaba a los autores (en especial a los de Sterling) y no respetaba las sacrosantas relaciones que Sterling mantenía con ellos, por no hablar de su vital contribución al arte de su tiempo.

«He oído que tu jefe ha vuelto a mandar cartas inoportunas a Ida», estalló Sterling, porque para él eso era el colmo, aunque lo decía sin la más mínima prueba, como Paul descubriría cuando le interrogó sobre el particular. «¿No tiene la más *mínima* decencia? ¿No entiende lo violento que es para Ida rechazarle año tras año? Paul, ¿no puedes hacer nada al respecto?»

A Paul le divertía lo mal que Sterling comprendía a Homer, pero también le ponía nervioso. Al fin y al cabo, le encantaban las ocurrencias de su jefe y la destartalada empresa que había fundado, mucho más rigurosa y entregada a la literatura seria de lo que Sterling llegaría a admitir (el hecho de su permanente preocupación por Homer revelaba a Paul que Sterling sabía muy bien quién era su rival). Además, Homer le pagaba a Paul un sueldo nada sustancioso pero que más o menos daba para vivir, cosa que Sterling no podría hacer ni en sueños.

Aun así, Paul no daba crédito a todas las cosas que Sterling había visto y hecho en su larga y excéntrica vida en el mundo de las letras. A diferencia de Homer, que era esencialmente un organizador, por peculiar que fuese, y cuyo primer compromiso era con la institución que había creado y cuidado con tanto esmero, para Sterling lo más importante era la escritura. Era una enciclopedia andante de genio creativo y también de malevolencia: el encanto inefable y la poca fiabilidad de Andréi Abramovich; la escandalosa debilidad de Marina Dello Gioio por los jovencitos; el hecho de que fulano y mengano le habían impedido publicar a Faulkner; por qué su tía Lobelia, que había sido su benefactora principal al comienzo de su carrera, no le había permitido publicar *Lolita*. Todos los editores que Paul conocía contaban la misma historia sobre el motivo por el que alguien les había impedido arriesgarse a comprar una obra maestra que más adelante resultaba que no entrañaba riesgo alguno. Pero Paul había aprendido que la mayoría de los editores estaban obsesionados por los Autores que se les Habían Escapado, normalmente gracias a su ceguera, su tacañería o su cobardía. Parecía que les importaban más que aquellos a los que habían camelado.

Al retomar el hilo de la conversación durante sus veladas juntos, Sterling le dijo a Paul que se había hecho editor a instancias de Arnold Outerbridge, cuando, siendo un impetuoso niño rico de diecinueve años oriundo de Cincinnati, se había escabullido del embrutecedor club de campo que era Princeton en el otoño de 1946 y había ido a sentarse a los pies de Outerbridge en el Londres devastado por la guerra.

Empapado de la sabiduría y la poesía del clasicismo, el joven Arnold se proponía rehacer la flemática literatura eduardiana para convertirla en algo que tuviese la pureza de los griegos esenciales. Lo asombroso era que lo había logrado: él y sus amigos y enemigos mayores que él, Pound, Eliot, H. D., Moore, Lawrence y todos los demás. Lo que se conoció como modernismo había reinventado la literatura de una vez por todas. Cuando antes podías haber escrito: «Mi amor es como una rosa, una rosa roja» y salir más o menos bien parado, de repente se hablaba con seriedad de

> festoneados
> pétalos sacrificados
> sobre granito

(Paul miró asombrado a Sterling cuando inclinó la cabeza hacia atrás y recitó de memoria «Scimitar», de Hoda Avery, uno de los primeros poemas de esta autora en su más pura vena imagista.)

En Londres, Outerbridge, al igual que Pound en Rapallo, había manejado los hilos de marionetas más jóvenes de Oxford, Nueva York y San Francisco, y Sterling se contaba entre sus cautivos voluntarios. Arnold O., como Sterling le recordó innecesariamente a Paul, había nacido en Nome en 1905, hijo de un trampero y una mujer inuit. De algún modo ingresó en Harvard, el primer alumno procedente de Alaska, pero abandonó la facultad al cabo de dos semestres, en la primavera de 1923, alegando, quizá acertadamente, que el viejo profesorado de Boston no tenía nada que enseñarle. Se fue a toda prisa, pero no a Nueva York sino a Londres; cruzó el Atlántico trabajando a bordo de un carguero para pagarse el pasaje, hizo trabajitos en algunas imprentas londinenses, y, por increíble que parezca, durante la década siguiente se abrió camino hasta la colmena de la cultura literaria inglesa. Ottoline Morrell se prendó de él, aunque Virginia Woolf le consideró «soso, engreído», y T. S. Eliot le ignoró deliberadamente hasta que la fuerza bruta del talento de Outerbridge obligó al viejo Possum[1] a reconocer que otro norteamericano estaba causando sensación en Londres. Pound y Eliot, de la generación anterior, temblaron cuando Arnold empezó a despotricar, sin dirigirse a nadie en especial, contra los poetas «botarates», un término injurioso hurtado a su antagonista y modelo H. L. Mencken. El Camarada Arnold, como tenía la temeridad de llamarse a sí mismo, copió no poco del Tío Ez, aunque éste fingió no darse cuenta. Pero además de las proezas literarias de Outerbridge estaba su compromiso político, porque, al igual que Pound, se convirtió en un «verdadero creyente», aunque de una iglesia distinta.

Cuando estalló la Gran Depresión, Arnold no se movió de Londres, donde cayó bajo el influjo del comunismo

1. Se refiere a Eliot y a *El libro de los gatos habilidosos del viejo Possum,* una colección de poemas fantasiosos escritos en forma de cartas a sus nietos. *(N. del T.)*

británico. Estuvo en la Guerra Civil española con John Cornford, al que había dado clases durante un breve periodo en Stowe, y se encontraba a su lado cuando Cornford murió cerca de Córdoba a finales de 1936, al día siguiente de cumplir veintiún años. *Hesperus* (1938), una elegía heroica en honor de su joven camarada, le granjeó fama en el espectro político. De pronto la izquierda contaba con una voz literaria irreprochable, menos altaneramente narcisista que la de Auden, más expresiva y fidedignamente doctrinaria que la de Dos Passos.

En Londres, el insolente y belicoso norteamericano se había convertido en un rival duro contra el que medirse, al que muchos consideraban el Shelley de su época. A su breve aventura con Decca Mitford, antes de que ella se casara con Esmond Romilly, siguió un rosario de conquistas, la mayoría entre las Debutantes Rojas de Berkeley Square. En septiembre de 1940 se casó con Lady Annabel Grosvenor, distanciada hija menor del segundo duque de Westminster. La hija del matrimonio, Svetlana, nació seis meses después.

Durante la Segunda Guerra Mundial, Outerbridge había combatido con valentía y distinción al mando de Montgomery en el norte de África, y por su ferocidad en la batalla de El Alamein le otorgaron la Cruz de San Jorge, una condecoración reservada para «los actos de valor más destacados en circunstancias de peligro extremo». Su poema sobre Stalingrado, *Elegy for Evgenia* (Heinemann, 1946) –se había divorciado discretamente de Lady Annabel en 1944–, representó el poético llamamiento a las armas para el comunismo mundial y fue citado con aprobación por Stalin y traducido a treinta y dos lenguas (incluida la rusa, por el prometedor Yuri Jodakovski). Con indiferencia, Sterling sacó de una estantería la edición norteamericana de 1948, el primer libro publicado por Impetus, y se la entregó a Paul.

Cuando lo premiaron con una Estrella Roja honorífica en 1947, A. O. estaba en el apogeo de sus facultades. Incluso el archiconservador Eliot escribió (en privado) que le había conmovido hasta las lágrimas su poema épico *The Fight* (1948; Impetus, 1949), conocido como la *Eneida* del comunismo internacional, un relato de veinte mil versos sobre la devastadora guerra rusa, una contienda como no se había visto desde los tiempos de Victor Hugo. La autobiografía de Arnold, *South from Nome* (1950), fue asimismo un extraordinario éxito internacional (y el libro más vendido de Sterling durante décadas. Solamente el Club del Libro del Mes vendió 88.000 ejemplares el año de su publicación).

La Guerra Fría, empero, había sido cruel con A. O. Desde la izquierda, el grupo congregado en torno a *The Protagonist* atacó su credo político tachándolo de retrógrado y miope, mientras que Joe McCarthy le perseguía desde la derecha. Sterling tuvo el coraje de presentar y defender la obra posterior de Outerbridge —si bien no se considera tan sólida como su periodo heroico—, pero A. O. pasó de moda muy rápido en el atemorizado Occidente de la Guerra Fría de Eisenhower y Eden.

Cuando se produjo la Revolución Húngara de 1956, que A. O. deploró públicamente, su carrera en los Estados Unidos —y también en el Reino Unido— ya estaba realmente acabada. Incluso en Rusia, donde le habían nombrado ciudadano honorario, el deshielo posterior a Stalin supuso que la obra de Outerbridge iniciase su declive bajo Jruschov y se secara la fuente de las invitaciones, los premios y los emolumentos. Durante una temporada, Arnold vagabundeó. Siempre escribiendo, siempre, según parece, con una nueva mujer, vivió varios años en Menorca, a una distancia de su antiguo oponente Robert Graves que casi podía cubrir a nado, y más tarde en un pueblo remoto de la isla griega de Paros, con Svetlana, ahora casada con un banquero inglés, y la presencia ocasional de sus tres hijos.

A. O. pasó sus años de decadencia en Venecia, refugiado en el apartamento que daba al jardín de su antigua enamorada Celine Mannheim. Fue allí, en el otoño de 1969, donde volvió a encontrarse con Ida Perkins (habían tenido una breve aventura en Londres, a fines de los cincuenta), en una cena ofrecida para nada menos que Homer Stern, que estaba visitando a su prima. Pronto Arnold e Ida vivirían juntos y ella habría de cuidarle fervorosamente durante los veintitantos años siguientes, hasta que él murió de un enfisema el 25 de octubre de 1989, a los ochenta y cuatro años.

Sterling confesó que en Londres, la primera vez que pidió consejo a Outerbridge, éste no alentó las incursiones poéticas del joven graduado en Princeton. «Nunca serás un poeta, Sterl», dijo, arrastrando las palabras. «Vuelve a casa y haz algo útil..., como fundar una editorial. Te necesitamos.» Alicaído, y después inspirado, Sterling pasó unos meses esquiando y besuqueando en Gstaad antes de emprender el regreso a la patria en el *Queen Mary*. Menos de dos años después, instalada en la vieja granja que había dentro de la finca de su tía Lobelia Delano en Hiram's Corners, Nueva York, a ciento sesenta kilómetros de la ciudad, arrancó Impetus Editions.

«Ediciones Impotentes», la llamaba Outerbridge cuando se enfadaba con Sterling, cosa que sucedió con frecuencia durante los cuarenta años siguientes. No se le había ocurrido que Sterling, además de ser leal y adinerado, pudiera tener una mente y una sensibilidad propias. Pero

Impetus no tardó en transformarse en cualquier cosa menos en el juguete de un hombre rico. Sterling admitía que había sido roñoso con el dinero, pero pródigo en alentar una escritura a su juicio importante y a los escritores que la creaban. En pocos años, su empresa novata pasó de ser una masa heterogénea de acólitos de Outerbridge a un órgano pequeño y selectivo de la rama izquierdista del modernismo tardío (en oposición al por entonces encarcelado Pound y al estilo derechizante del glorificado Eliot) que llegó a denominarse el Movimiento.

Paul estaba convencido de que nadie había hecho tanto como Sterling Wainwright en sus buenos tiempos para garantizar la salud de lo que sería una veta alternativa fundamental de la literatura norteamericana. Al fin y al cabo, Byron Hummock, el más ostentoso de los escritores judíos de posguerra que marcaron tendencia, había publicado su primer libro de relatos en la editorial de Sterling, al igual que April Owens sus hoy clásicos dramas antioneillianos sobre política y «amor griego» moderno, y Jorge Metzl su innovador periodismo sobre África occidental. La colección New Poets de Sterling también introdujo y se mantuvo fiel a la mayor parte de la segunda y tercera generación de modernistas. Sólo Pound y su discípulo Laughlin, con sus relativamente sobrias Erecciones Desnudas, como las había apodado Pound, afincados una década antes a menos de cincuenta kilómetros al este, en el Northwest Corner de Connecticut, estaban a la altura del ímpetu que Outerbridge y Wainwright habían dado a la pujanza del Movimiento.

Y Sterling también había evolucionado. De ser un joven rico, muy alto, desgarbado y obsesionado con el sexo pasó a ser un soltero urbanita, gallardo, buen partido y obsesionado con el sexo. Sí, era una especie de gandul, y le hacía compañía su colega de juventud Johnnie George, de Cincinnati, heredero de la fortuna de Skoobie Doo, la mantequilla de cacahuete, al que lo único que le gustaba era andar pavoneándose con Sterling y un par de actrices de segunda fila por veladas neoyorquinas, por las pistas de esquí de Jackson Hole, Wyoming, o por Tahití, donde no paraban de meterse en líos. Sterling y Georgie habían pasado dos meses en el Hole,[1] como llamaban al valle, y cuando volvieron, gracias a sus esfuerzos, eran propietarios de la estación de esquí Summit. La Summit se jactaba de tener la mejor nieve en polvo sobre la que Sterling había esquiado desde sus días de estudiante en Suiza, y también algunas mujeres despampanantes. Paul había visto una foto suya ejecutando un giro en una pendiente, un ágil principito de la industria tan guapo como un galán de cine. No es de extrañar que el apuesto, alto, rubio y rico Sterling hiciera enloquecer a Jeannette Stevens, terrateniente local y heredera de ganaderías a la que sin demora dejó embarazada. Jeannette era preciosa y franca al estilo del Oeste, pero no constituía en absoluto un reto, confesaba Sterling, y después de darle una hija regresó a Wyoming, con el bebé a cuestas, mientras Sterling se quedaba en el Este, de parranda, leyendo y captando a escritores con contratos minúsculos que con el tiempo formarían parte de un catálogo influyente y notable, aunque no de una rentabilidad apabullante.

Hacia los años cincuenta, cuando Estados Unidos todavía estaba lamiéndose las heridas de su descalabro en el Sudeste Asiático, y desgarrado por la revolución de los valores que trajo consigo, Paul vio que el playboy de antaño se había transformado en un gurú y un gerifalte literario,

1. Literalmente, «hoyo», pero aquí «poblacho, rincón de mala muerte». (N. del T.)

una especie de santo menor de la contracultura por su condición de editor y protector de su autor más popular, la icónica Ida Perkins.

Sterling, como Paul no necesitaba que le recordaran, conocía a Ida de toda la vida; era su prima, al fin y al cabo. Doris Appleton, la hermanastra mucho más joven de la abuela de Sterling, Ida Appleton Wainwright (los Appleton eran oriundos de Salem, Massachusetts, y afirmaban que había habido dos o tres brujas en su estirpe), se había casado con George Peabody («Pebo») Perkins, un auténtico bostoniano rígido y episcopaliano como había pocos, siendo una muchacha de dieciocho años en 1919; el padre de Ida era un banquero irremediablemente ineficaz que lo perdió todo en el Crac y se convirtió en un borracho desagradable. Por si fuera poco, el hermano de Pebo, Thomas Handyside Perkins, conocido como Handy, se casó con una prima de la madre de Sterling, Lavinia Furness, por lo que les unía un parentesco doble, aunque no exactamente cercano. Sterling e Ida se conocían indirectamente de otras reuniones familiares a lo largo de sus respectivas infancias, aunque ella apenas prestaba atención a la existencia de su primo más joven.

Fue en 1943, en el sofisticado «campamento» que la familia Wainwright tenía en Otter Creek, en la península superior de Michigan, el verano en que Sterling cumplió dieciséis años, donde por primera vez se percató de la belleza de su prima. Y a Ida, por su parte, también le había deslumbrado Sterling, un Adonis que empuñaba un palo de golf y que ya hacía que las cabezas se volviesen a mirarle, como le sucedería durante toda su vida; Paul ya había oído esas historias.

Así pues, el encaprichamiento de Sterling con Ida no sólo era cortésmente cuasi incestuoso, sino que estaba nimbado por el aura del primer amor. Pero no fue sólo carnal, aunque su cascada de rizos pelirrojos, su piel cremosa y su figura calipigia eran tan notables como su perfil aguileño, que hoy día embellece nuestros sellos de 52 centavos. Ver a los dos primos juntos era como sentir que estabas en el plató de un rodaje, excepto en que se comportaban con tanta naturalidad y tan poca afectación que no desprendían el más mínimo efluvio de trato carnal.

Y resultó que la joven Ida era también poeta, y además supremamente dotada. No era de extrañar que Sterling, que ya tenía el gusanillo de la literatura, se enamorase locamente de aquella hermosa compañera de juegos que tañía la lira y que a los dieciocho acababa de publicar su primer y notorio libro de poemas. Hasta el adusto Arnold, igualmente deslumbrado por la poética *Wundermädchen,* al leer *Virgin Again* aquel mismo fatídico verano, la había bautizado como «la Safo de nuestro tiempo».

La Safo de nuestro tiempo, sin embargo, no era sáfica, ni mucho menos. Su idilio con su joven primo no duró mucho, según admitía Sterling, pero Paul sabía que fue el primero de una larga lista de romances apasionados destinados a ser la materia del mito literario. Los amoríos de Ida se hicieron tan legendarios como los de Edna St. Vincent Millay, pero mientras que ésta, amante de las controversias, había publicitado burdamente su vida y su obra, la joven Ida era aristocráticamente reservada: hielo para el mundo exterior, una hoguera en el interior. Sólo H. D. y Marianne Moore se asemejaban a Ida en distanciamiento etéreo, tan deslumbrantemente *raffinée* comparado con las turbias efusiones de su contemporánea, la sensiblera Muriel Rukeyser. No, el estilo de Ida —frío, fragmentario y misterioso— era totalmente suyo y le confería algo más que un aire de glamour erótico. «Normal que pensaran que era

71

una de las chicas», se mofó Sterling, apurando su tercer whisky de malta de la noche.

Se topó con una Ida ahora más atractiva, si cabe, y de mala fama, en el otoño de 1948, en Nueva York, y no tardó en estar de nuevo tan colado por ella como a los dieciséis años: lo suficiente para recuperarse, al menos temporalmente, del rechazo de sus versos por parte de A. O. y para empezar a escribir de nuevo. *«Il Catulo americano»*, le había llamado un crítico italiano años más tarde, un apodo que ostentaba con orgullo, aunque nunca pudo adoptar del todo el espíritu glotón que había inmortalizado al romano. Los poemas de amor de Sterling eran, en general, idealizantes, quizá incluso un poco almibarados. Básicamente, pensaba Paul, era un hombre demasiado bueno.

Ida más dulce
que el vino
de Falerno
Te estoy esperando
aquí abajo
en el jardín
bajo la ventana:
¡salta ya!

Por desgracia, no tenía el sello de la grandeza. Pero Ida había respondido. El alto y soñador primo Sterling, con su magnificencia adolescente sazonada por unos años de adiestramiento romántico, su residual gordura de bebé absorbida por la delgadez, la cautivó otra vez y en aquellas vacaciones navideñas vivieron su segundo y tórrido romance.

Sterling lo contó como si se hubiera pasado la vida añorando aquellas semanas, a pesar de que más adelante tuvo una variada e intensa vida sexual propia. Se había casado con otra mujer y había tenido un hijo, al que llamaron Sterling, tras una serie de relaciones, entre ellas una larga y emocionalmente desgarradora con Bree Davis, que trabajó muchos años como editora en Impetus. Bree estaba llena de vitalidad, era sensata y hermosa, si bien corpulenta, una especie de Ava Gardner literaria, pero la madre de Sterling no había dado su brazo a torcer. Él ya se había anotado un tanto; su próxima cónyuge no iba a ser una cualquiera. De modo que a Bree la echaron a la calle, aunque el *on dit* aseguraba que nunca rompieron, y Sterling se casó con Maxine Schwalbe, la hija retraída, pragmática, sumamente acaudalada del fundador de Mac Labs. Paul sabía que Sterling, que sacaba más de treinta centímetros a su mujer, era el menos rico de los dos, aun cuando las inversiones de Wainwright, como su protegida Bettina Braun le había dicho a Paul, le reportaban diez mil dólares diarios a principios de los años ochenta, cuando el dinero todavía era dinero.

Nadie habría dicho que la delgada y morena Maxine era rica, porque sólo la delataban la naturalidad de sus modales y una cuidadosa consideración democrática hacia todo el mundo. No le hacía falta valerse de su peso, por lo demás ligero; no lo necesitaba. Y, según Bettina, todos la querían porque era desinteresada, cordial y generosa. Es decir, la amaban todos menos Sterling. Su vida matrimonial era muy satisfactoria para él, porque finalmente había encontrado en Maxine a una compañera de buen carácter que supo crear y dirigir un entorno doméstico que atendía a todas sus necesidades y anhelos, aunque no al deseo. El deseo apuntaba hacia otra parte, fuera del sofocante círculo familiar. Y Maxine sin duda lo comprendía, aunque nunca hablaba de ello: hacerlo habría supuesto perturbar el decoro casi cortesano que regulaba sus vidas. Así pues, ella dominaba con mano firme pero suave en Hiram's Corners con el pequeño Sterling III, mientras el padre iba y venía de la granja a la oficina de Impetus que había abierto en Nueva York en los años sesenta, donde era más fácil engatusar a autores díscolos y dar rienda suelta a su afición por las criaturas hermosas.

Esto fue hace décadas, y mucha agua ha corrido desde entonces. Maxine había muerto muy joven, frisando en los sesenta, y Sterling había llamado a Bree y poco después se había casado con ella. Ida estaba recluida en Venecia con el fantasma de A. O. y su ostentoso marido italiano. En los viejos tiempos hacía una gira de costa a costa cada uno o dos años, organizada por el personal de Impetus, que, lógicamente, se desvivía por mantenerla bajo contrato. Comparecía como una reina, magnífica con su terciopelo deshilachado y su cabello plateado que el viento alborotaba y le ponía en la cara, ante auditorios extasiados de todas las edades, y en aquella época, al menos en vida de Maxine, iba a pasar una o dos semanas de descanso en la granja de los Wainwright en Hiram's Corners, al norte de la ciudad. Al fin y al cabo, a ella y a Sterling los unía un parentesco lo bastante próximo como para saludarse con un beso, y además Ida era su autora de más éxito. Aunque hacía mucho que sus caminos se habían separado, sus vínculos literarios y personales perduraban. Eran como familia; no, *eran* familia. Pero hacía siglos desde la última vez que Ida, con la excusa de la edad, había estado en Norteamérica.

–La diosa –la llamó Sterling más de una vez durante sus veladas con Paul, con un claro atisbo de envidia–. Apenas se digna ya reparar en nosotros, simples mortales –se quejó, aspirando contemplativamente de su pipa de espuma de mar, color ámbar, en cuya cazoleta tenía esculpida la cara sonriente de un sátiro.

A lo cual Paul había respondido, con delicadeza:

—¿No es la misma de siempre, pero un poco mayor?

—Quizá sí —dijo Sterling entre dientes, mordiendo la boquilla de la pipa y luego aspirando el humo, con el pensamiento ya en otra parte, o rememorando el modo en que su vida y la de su prima habían evolucionado y se habían distanciado, como zarcillos de la misma planta enredados en ramas diferentes, en barandillas distintas, innegablemente separadas pero aún vinculadas, aún fundidas de algún modo.

En un anaquel del apartamento de Sterling, Paul había encontrado una fotografía enmarcada de todos ellos en Hiram's Corners; era una foto en color de finales de los ochenta, con sus tonos verdes y azules ya descoloridos. Ida, que insólitamente vestía vaqueros y un sombrero de paja, sentada entre Sterling y Maxine, mira al fotógrafo, lo más probable la hija de Sterling, que también se llamaba Ida. Ida P. luce una sonrisa resueltamente feliz, es posible que un poco agobiada en torno a los ojos. ¿Afrontando con valentía las cosas? Era difícil decirlo a partir de una única fotografía, una pequeña aunque preciosa prueba, una mera tesela en el gran mosaico que podría encajar en muchos huecos. ¿Quién sabría decir qué significaban realmente aquellas miradas, aquellas manos, aquella ropa, aquel clima? Pero allí estaba, un pedazo del mundo desaparecido que existía donde hoy pisamos. Un momento soleado avanzado inexorable hacia el sepia. Increíble, en verdad, tan lejos y sin embargo tan cerca: la divina Ida Perkins sonriendo al sol en Hiram's Corners, enlazada de la mano con Sterling y Maxine Wainwright.

V. LOS CUADERNOS DE OUTERBRIDGE

Una noche, en el piso de Sterling en Barrow Street, que ocupaba toda la planta de una casa adosada de ladrillo en el West Village, acolchada de antiguas y elegantes alfombras de Turkmenistán, con dibujos de Kandinski y Max Ernst en las paredes y un altísimo torso desnudo de Brancusi en mármol, voluptuosamente situado junto a la butaca de Sterling, Paul preguntó por los últimos años de Outerbridge.

–¿Qué le sucedió a A. O. en Venecia, Sterling? Parece que cortó la comunicación. ¿Y qué fue de los cuadernos que al parecer dejó? ¿Cuándo van a publicarlos? Cuando estudié su obra en la universidad, nadie sabía siquiera que existían.

Sterling guardó silencio un momento.

–Los he hojeado, pero son un galimatías, por lo he visto –concedió finalmente, con su tono de modesto *staccato,* dando sorbitos meditabundos de su Lagavulin de dieciséis años y mirando a las ascuas del fuego que había encendido al principio de la velada–. Están escritos en código, página tras página; libros y libros de símbolos ilegibles. No he conseguido descifrarlos. Por pereza, supongo. Francamente, Arnold llevó una vida casi de ermitaño en sus últimos años. No puedo asegurar que conservara el juicio. Perdimos bastante el contacto, excepto a través de Ida.

–¿Podría echarles un vistazo en algún momento?

–No veo por qué no –respondió Sterling, encogiéndose de hombros–. Están en la caja fuerte de la oficina. Pasa por allí alguna tarde.

La sede de Impetus, en un venerable edificio del distrito de los mataderos, no lejos del apartamento de Sterling, era por lo menos tan destartalada como la de P & S, con tapicerías que parecían infestadas de piojos y paredes mugrientas que no se habían lavado, y no digamos pintado, desde hacía cuarenta años. Aun así, tenía una vista panorámica del puerto, la Estatua de la Libertad, Staten Island y el puente Verrazano desde la terraza que los dominaba. La vieja caja fuerte estaba en el despacho al fondo del pasillo, donde había fotos conocidas de algunos de los principales autores de Sterling, entre ellas una de un A. O. cejijunto y bastante intimidatorio y, más allá, otra de una Ida menuda y desenfocada según un estilo que recordaba a Julia Margaret Cameron, tía abuela de Virginia Woolf.

Sterling giró la esfera de la caja fuerte, abrió la pesada puerta de color verde oliva y rebuscó en un amasijo de manuscritos y libros de contabilidad hasta que por fin sacó del estante inferior una vieja caja de comestibles. Dentro estaban apilados los cuadernos, que eran de papel vergé veneciano, con los bordes dorados y encuadernados en cuero rojo granulado. Había trece cuadernos, todos de noventa y seis páginas, de unos veintitrés por veintinueve centímetros. En cada hoja había frases, números y símbolos escritos en filas ordenadas, todo ello con una uniforme tinta roja. En el fondo de la caja había una carpeta de acordeón llena de recortes y artículos de prensa que se desintegraban, y otros papeles efímeros.

Era evidente que Outerbridge había tenido algo que decir en sus últimos años en Venecia, pero no quería que nadie supiera lo que era, al menos no a corto plazo. Paul estaba intrigado. Le preguntó a Sterling si podía examinar los cuadernos más detenidamente.

«Faltaría más», concedió él, amigablemente. «Quizá los dos aprendamos algo.»

Paul hizo varias visitas a Impetus al salir del trabajo para estudiar a conciencia los cuadernos. Conoció a los empleados, es decir, a los que no había conocido ya en sus años en el negocio. Le parecieron un grupo cerrado, recelosos del mundo corrupto de extramuros. Sintió por ellos una solidaridad que no sabía si era plenamente correspondida, ya que trabajaba para uno de los inveterados enemigos de Sterling en la edición comercial. Pero también eran galeotes, en nada diferentes a los presos de Union Square, y esperaba que acabaran aceptándole como un miembro de la familia: un pariente llamativo e ignorante, quizá, que les hacía visitas continuas procedente de «otro sitio».

Pero los cuadernos en sí no tenían ni pies ni cabeza. Por la forma parecían poemas, pero estaban escritos en lo que aparentaba ser un lenguaje abstruso de ordenador:

&/x#xewhh

hd/zxk66cc
wde9x+#}#>3$a#
ezd/zx3$.+a#>>k++a
eed%hx2$#.x+k$c>)c++a
e%df9x6;k$a
e9d/zxvk4c—+;k>=x+;>wv

A veces interrumpían los «poemas» una serie de líneas más largas:

;!vc#}#+xvc#}^x4c3ac}#+x@c}^x$c|$ac}#+
$k#31#^x+k+3c>$k3xaw#@kyx6k$cvc#3x6kk|2|c!2

Al principio a Paul le frustraba la impenetrabilidad del galimatías de A. O., pero a medida que fue profundizando en él vio que surgían pautas. Preguntó si podía llevarse prestados los cuadernos, pero Sterling puso reparos. «No me pertenecen; son de Svetlana». La hija de Arnold, que vivía en Londres. «Yo sería el responsable si les ocurriera algo.»

Así que siempre que podía robar tiempo de sus tareas habituales Paul trabajaba solo hasta muy tarde, encorvado sobre el escritorio metálico a la luz fluorescente del despacho del fondo, rastreando laboriosamente los textos y tratando de descubrir recurrencias en los símbolos de Arnold. A veces la tarea era tan agobiante que le entraban ganas de desistir. Pero quería impresionar a Sterling con su diligencia y su inventiva y perseveró, buscando obstinadamente alguna vía de acceso a los misterios.

Una noche, cuando no se lo esperaba, al final de una de sus charlas regadas con whisky que se prolongaba hasta altas horas de la madrugada, el anciano le hizo a Paul una propuesta insospechada.

«¿Por qué no viene a pasar sus vacaciones a Hiram's Corners? Podrá seguir investigando esos puñeteros papeles y podremos seguir hablando de Arnold e Ida y todo lo demás.»

Era más que un sueño hecho realidad; era el cumplimiento de un sueño que Paul no sabía que acariciaba. No comprendía del todo por qué le atraía tanto Sterling, de una forma diferente a Homer, aquellas dos figuras de otra época, aquellos padres rivales. Como alguien que siempre se ha sentido un poco huérfano de padre, que siempre anda buscando discretamente a mentores, descubrió que ambos, cada uno a su manera turbadora, ocupaban un gran espacio en su psique. Homer, estrafalario, imponente, excepcional, era el sol inmutable alrededor del cual giraba todo su universo personal. Sterling era más tranquilo; tenía la despreocupación, el encanto, la modestia y la arrogancia del hombre privilegiado al que nada se le ha interpuesto en el camino. Era alto, aunque a su edad las piernas le flojeaban ligeramente cuando caminaba, por lo que sin duda habría sido aún más impresionante cuando era un joven atractivo. Ahora se paseaba como un flamenco con o sin bastón, todavía esbelto y elegante, todavía convencido de que era el hombre más apuesto de los que estuvieran presentes, aunque ajeno al narcisismo que emanaba de Homer como un olor a almizcle.

Paul era consciente de que Homer y Sterling representaban una efectividad mundana, una coherencia entre aspiraciones y logros que él codiciaba. El problema era que ellos dos se odiaban. Paul se sentía cortado por el patrón de Homer cuando estaba con Sterling, y viceversa: era demasiado venal para la santidad de Impetus y demasiado literario y fantasioso para un mundo viril de jodienda y habanos. Cuando estaba con el uno o con el otro restaba importancia a su antipatía mutua, como ellos mismos hacían, dicho sea en su honor, pero tenía la molesta intuición —¿o sólo era una proyección?— de que Homer y Sterling se lo disputaban. Los dos le exigían lealtad. Homer era su valedor principal, el socio veterano en el juego turbulento que tanto les gustaba, a menudo precisamente debido a su desbarajuste (relativamente civilizado, desde luego) de melé de rugby. Pero Paul también apreciaba el gusto y la finura de Sterling y aspiraba a emularlos. Ahora resultaba que estaba a sueldo de Homer pero se pluriempleaba en un proyecto de Sterling. Era una situación incómoda, como tantas otras en las que se había visto envuelto.

Gran parte de esto, aunque de un modo distinto, podía decirse de su relación con Jasper Bewick, el joven y atractivo crítico de música por el que había suspirado durante los dos últimos años, desde que había terminado su tira y afloja intermitente con Tony Heller. Tony era un actor que trabajaba de camarero por horas en el Crab y había interpretado de maravilla su papel de noviete hasta que la historia concluyó de repente. Tras un largo periodo de malentendidos, rencores y supuestas traiciones, los dos tuvieron la sensatez de romper. Tras la falta de horizonte con Tony, los arrebatos de entusiasmo de Jasper y el poder seductor de su disponibilidad absoluta, por no mencionar su ondulado pelo moreno y su cuerpo compacto y musculoso, habían sido un imán para Paul, al igual que el tira y afloja de Jasper, la ambivalencia del juego. Claramente Jasper necesitaba tener cerca a Paul. Lo malo era que no parecía *desearle,* y menos como amante. Se reunían para largas e intensas cenas durante las cuales hablaban de música, de literatura, de sus respectivas familias, de los sueños de fama de Jasper, de todo lo habido y por haber, pero cuando Paul le acompañaba a su casa, Jasper le daba un abrazo fraternal y desaparecía escaleras arriba.

Sin embargo, cuando Paul se distanciaba Jasper acudía como un relámpago, ofreciendo entradas para conciertos imposibles de conseguir, cotilleo muy cotizado y mohínes de necesidad y afecto. Esa tónica duró lo suficiente para que Paul se percatase, en sus momentos de lucidez, de que él y Jasper no tenían futuro. Pero sentía debilidad por su belleza, su brillantez y su encanto, lo cual significaba que estaba enganchado en el enganche mutuo, empantanado, como siempre le ocurría en materia de idilios. Como le deprimía pensar en esto, trataba de concentrarse en su trabajo y en los cuadernos, aunque le parecía tan imposible descubrir la manera de acceder a su contenido como la de acceder a los brazos de Jasper.

Cuando por fin llegó agosto, Paul invitó a Jasper a que se acercara en coche para hacerle una visita, y utilizó como cebo el festival de música local, aunque tenía pocas esperanzas de que él mordiera el anzuelo. Se despidió afectuosamente de Homer y de sus compañeros de oficina y, con el corazón en un puño, partió hacia Hiram's Corners en un Hyundai rojo alquilado. Se sentía un poco como un personaje de un cuento de los hermanos Grimm, que desaparece en el bosque fragante sin un reguero de migas que le ayude a encontrar el camino a casa.

VI. PERDIDO EN HIRAM'S CORNERS

Asentada en las altas estribaciones de los montes Middlesex, Hiram's Corners estaba lo suficientemente lejos de Nueva York para ser un mundo aparte, no el reducto de domingueros en que se habían convertido ciudades como Kent y Salisbury, fronterizas de Connecticut: enclaves de urbanitas ricos que poseían la mayor parte del terreno local y empleaban a los lugareños para que se lo mantuvieran. Hiram's Corners se distinguía de otros garitos residenciales en que sus hacendados eran oriundos del lugar. A veces parecía que todos los grandes terratenientes de la ciudad estaban emparentados. La presencia de los Wainwright se remontaba a la tía abuela Aurelia de Sterling, una matrona pechugona de Cincinnati que usaba impertinentes y calzado cómodo y que recién casada se había trasladado al Este, cuando era más joven y ágil. Adelbert Binns, con quien se había casado en 1905, había prosperado como muñidor principal de John D. Rockefeller y había recibido una pingüe recompensa por sus servicios. Binns pertenecía a otra notoria tribu de Cincinnati; había echado raíces aquí siguiendo el consejo del viejo senador Hiram Handspring, que se había casado con un miembro de la misma familia. Andando el tiempo, su hijo Bobby Binns y el hijo de Bobby, Beebe, un reputado conservacionista, cultivador de orquídeas reconocido a nivel nacional y apasionado amante de los bosques de Middlesex, habían adquirido más de tres mil doscientas hectáreas en las laderas de Bald Mountain, que constituían una de las mayores haciendas del estado fuera de los límites de las Adirondacks. Las apenas doscientas hectáreas de las Wainwright abrazaban el borde de estas extensiones y de hecho formaban parte de ellas.

Con el tiempo, los Binns habían creado un mundo semejante al de los grabados de Currier and Ives, de viejas casonas laberínticas, huertos y campos ondulados entre los bosques salpicados de estanques de Hiram's Corners. Otros parientes de Aurelia la habían seguido; entre ellos, su sobrina Lobelia Wainwright Delano, tía de Sterling, hasta que todo el lado oriental de Hiram's Corners, orientado hacia los montes Middlesex, que se alzaban suavemente unos kilómetros más allá, formaba una vasta franja de tierras pertenecientes a los Binns, Delano y Wainwright. Aunque se habían enamorado en Michigan, Ida y Sterling también habían pasado inviernos allí, en amplias reuniones de familia, y participado o no en las actividades: excursiones por la nieve con raquetas o esquiar a campo traviesa durante el día; patinar a la luz de las hogueras que ardían sobre el hielo del estanque Handspring, jugar al bridge y beber durante la noche. En eso consistía la vida en el reino mágico.

Había algo especial en la invariable tranquilidad del paraje: las extensas granjas sin cultivar, con sus prados y bosques bien cuidados; las propiedades que no cambiaban de dueño; el frío intensísimo de los larguísimos inviernos. Cuando la tía Lobelia de Sterling se había afincado allí en los años veinte, había construido una mansión paladiana en una cornisa rocosa sobre River Road. En cuanto Sterling entró en razón y volvió de Londres, Lobelia levantó enfrente de la suya una casa alta de madera con forma de caja y le permitió instalar la editorial Impetus en la vivienda de la granja allende el prado. Entre el Cow Cottage, como la llamaban, y su tía no había más que abedules y bosques de arces rojos desperdigados entre rododendros imponentes y azaleas llameantes que en junio adquirían un centelleante color anaranjado.

La primera noche de su estancia en la propiedad, Paul bajó por la vieja carretera boscosa, tapizada de hierba, que pasaba por delante del Cottage como salida de un poema de Robert Frost. Serpenteaba por encima de un puente destartalado, subía una cuesta empinada y cruzaba una meseta forestal de pinos para después descender bordeando un pantano lleno de atrapamoscas y otras plantas carnívoras y costear a la derecha una casita deshabitada, con el porche protegido por una mosquitera. Tras una nueva pendiente ligera, la carretera llegaba al estanque de Handspring y al «campamento» de piedra de la tía Lobelia, una joya de Beaux Arts por derecho propio, con el de tejas de Sterling a unos cientos de metros hacia el este. Esparcidas alrededor de la orilla del pequeño lago había una docena de estructuras similares, propiedad la mayoría de las varias ramas de la familia Binns. El único ruido que invadía el estanque, donde estaban prohibidas las lanchas motoras, era algún que otro grito procedente de la playa del extremo occidental, que Beebe había arrendado al municipio por un dólar al año. Las carreteras y senderos forestales del bosque de Bald Mountain atravesaban muchas maravillas, lagos secretos, sótanos de asentamientos abandonados hacía siglos y hasta parcelas aisladas de bosque primitivo de lo menos común.

85

Las fotos de Hiram's Corners a mediados del siglo XIX que Paul vio en la Sociedad Histórica, situada en el parque municipal, eran espeluznantes: aquellas densas colinas verdes habían sido, al igual que la mayor parte del litoral oriental, prácticamente despojadas de vegetación por los comerciantes de carbón ávidos de alimentar los hornos de las pequeñas fundiciones a lo largo del río Huckleberry, que era poco más que un arroyo grande, antes de la invención del acero. Las mismas innovaciones que habían sido la fuente de la riqueza de los Wainwright y los Binns –petróleo, carbón y acero– habían aniquilado aquellas pequeñas empresas y centenares de miles como ellas, y permitido que los insolentes arribistas del Medio Oeste se convirtieran en el siglo XIX en los dueños y señores de Hiram's Corners. Y ahora el petróleo y el acero habían sido desplazados por ¿qué? ¿Por la alta tecnología? Todo el mundo estaba esperando a que las primeras empresas puntocom apareciesen en Middlesex. Hasta el momento, sin embargo, los nuevos amos del universo parecían haberlo pasado por alto y preferido lugares más vistosos. Al hallarse en las colinas, Hiram's Corners ni siquiera tenía acceso a Internet de banda ancha, una manzana de la discordia, como pronto supo Paul, para los pocos neoyorquinos trasplantados que querían vivir y trabajar allí. Era un lugar fuera del tiempo, casi feudal en sus jerarquías y su atmósfera apacible. Paul se recostó en su chaise longue y aspiró como un perfume el aire ufano, selvático, del asiento.

Originalmente el Cow Cottage estaba destinado a ser la alquería dentro de la finca de la tía Lobelia. Al igual que su propia tía Aurelia, ella había llegado de Cincinnati como uno de aquellos pioneros a la inversa que retornaban a las colonias de antaño para adquirir la pátina de refinamiento de la que carecía la Western Reserve. La tía

Lobelia era impasible y un poco farisaica, pero adoraba a su sobrino, el hijo único, díscolo pero despierto, de su hermano, y era indulgente hasta cierto punto con su extraño interés por las artes. Cuando Sterling decidió hacerse editor, le preparó un refugio bucólico donde pudiera consagrarse a sus aspiraciones literarias, lejos de la mirada intermitentemente entrometida de sus intermitentemente reprobadores padres y bajo su tutela de tía convencional pero benevolente.

En el Cottage habían vivido una serie de escritores que ayudaron a Sterling a dirigir los negocios de Impetus y se hacían cargo de la casa cuando él se iba a la Summit, donde todavía pasaba gran parte del invierno esquiando, caminando por la nieve y transformando el paraje en una estación de esquí espartana pero de categoría mundial, y donde visitaba a Jeannette y a su hija, Ida, llamada así, dijo, por su abuela Wainwright.

Durante su ausencia, primero Harold Cowden, después Konrad Preuss y por último Eli Mandel, todos ellos escritores jóvenes e indigentes de inferior calidad que Sterling, habían intentado trabajar por sueldos de mera subsistencia en el alto Hudson Valley, sin nadie a quien ver ni con quien hablar salvo por los lugareños naturalmente curiosos, es decir, suspicaces, que no distinguían un poema villanesco de una botella de bourbon. La experiencia sirvió a Cowden para escribir un libro –su *Hiram's Corners Cantata,* por lo general considerado una aberración en el conjunto de su obra– antes de que lo internaran brevemente. Preuss y Mandel, quizá más equilibrados, habían durado menos. Después Sterling estableció la sede neoyorquina de Impetus y compró el apartamento de Barrow Street (útil para coloquios de autores que a veces se transmutaban en citas y viceversa), y gran parte de las actividades de la editorial se trasladaron al sur. Para los iniciados, sin embargo, el Cow Cottage conservó su aura de santidad literaria, y el establo anexo, con los parteluces de sus ventanas suizas, estaba inundado por la inmensa biblioteca de libros de Impetus, un auténtico templo del culto literario erigido por Sterling. Fue allí donde Paul se instaló para trabajar en los cuadernos de A. O.

Paul coincidía con Sterling en la opinión de que A. O. era el único poeta rojo al que la ideología no había vencido. Al igual que su modelo Shelley, el exuberante don lírico de Arnold sobrepasaba y, como dirían algunos, aniquilaba las ideas que expresaba hasta que lo único que quedaba, en efecto, era la poesía: su pujanza y su cadencia arrollaban las convicciones declaradas del poeta. Paul casi saboreaba el romanticismo de la vida de A. O. con Ida en Venecia, ella consolándole por los derroteros siempre caprichosos de la política y recordándole el poder duradero de su voz, y Arnold apremiándola a ahondar en experiencias siempre nuevas, a concebir nuevos castillos en el aire, nuevos asombros generados por la húmeda brisa veneciana, mientras él componía sus misteriosos poemas encriptados.

Pero aquello no era Venecia. Paul estaba en aquel lugar idílico pero desconocido para afrontar una tarea desalentadora. Había empezado a estudiar criptografía y había encargado todas las guías no demasiado técnicas que pudo encontrar en la página web de Medusa. Se sentía culpable por recurrir a la rapaz librería online, pero lo cierto era que Styx and Stonze nunca tenía lo que necesitaba, ni siquiera en su tienda principal de Madison Square, donde los juegos de mesa, el papel de envolver y los productos de marca de la cadena de librerías empezaban a usurpar el espacio de los libros. Se preguntaba qué pensaría Morgan de esto, una pregunta algo insincera, puesto que ya lo sabía.

Se había convencido de que descubrir el método en la locura de A. O. sólo era cuestión de tiempo. Pero trabajar en un establo donde no corría el aire no siempre era propicio para descifrar códigos. Algunos días pasaba sin trabajar en los cuadernos más tiempo del que le habría gustado admitir, nervioso por la vida inane que llevaba o engolfado en la biblioteca secundaria de Sterling —¿o era la terciaria?—, llena de títulos de Impetus, ordenados alfabéticamente en estanterías sin pintar donde viejas botellas de alcohol sostenían los libros. Allí estaba todo el mundo, desde Tagore hasta Blaisdell, desde el Lutero temprano hasta el Broch tardío, desde Robert Duncan hasta Dermott Weems y César Vallejo, desde Pélieu hasta Serenghetti: era un tablero de ajedrez de la literatura mundial, de una amplitud, originalidad y espíritu aventurero alucinantes. Sí, a Sterling le gustaba hablar de los que se le habían escapado, ¡pero, Dios santo, a cuántos había pescado, a qué desfile de escritores había descubierto, alimentado y publicado a lo largo de una carrera sin duda a menudo descorazonadora, pero en última instancia triunfante!

La verdad era que muchos de aquellos nombres, los hacedores de la cultura moderna, habían vendido muy poco en el curso de su larga vida impresa en Impetus. Era una de las realidades de la edición: lo verdaderamente nuevo languidecía con frecuencia en el almacén sin que casi nadie lo solicitara. Uno de los ardides de la edición era coger en el momento oportuno la ola del gusto de los lectores. Si eras demasiado clarividente, si te adelantabas demasiado al oleaje, no sucedía nada en absoluto, hasta que caía el rayo, si lo hacía, años y a veces décadas más tarde. Entretanto, tenías que disponer de otros medios de subsistencia para ser un escritor —o un editor— serio. Lo notable de Sterling era el modo en que utilizó esos medios para crear su empresa, y los utilizó brillantemente. Con la ayuda de la tía Lobelia, había administrado su modesto peculio y mantenido su editorial de bajísimo presupuesto el tiempo suficiente y con la constancia y el fervor necesarios para obtener, al cabo de cincuenta años, un catálogo que suscitaba la envidia de sus más exigentes colegas empresariales. E Impetus también había acabado siendo rentable cuando las aulas de toda Norteamérica adoptaron para estudiarlos a un número considerable de sus autores más destacados. La larga trayectoria había compensado a Sterling. Aunque no era lo que él perseguía, el éxito comercial fue al final una confirmación heroica de la solidez esencial de su empeño. Había apostado con el destino que a fuerza de deseo, perseverancia y discernimiento podría crear una editorial que valiese la pena. Y lo había conseguido; confiando en su propio gusto, se lo había demostrado a todos: a su familia, poco comprensiva, a sus desdeñosos competidores y hasta al adusto y arrogante Arnold Outerbridge, que, lleno de escepticismo, había asumido un riesgo con un joven e impertinente holgazán.

Paul no había llegado al mundo editorial en una época en que con poco dinero, mucho gusto y una dedicación infatigable se podía fundar algo como Impetus o P & S. Además, no disponía del dinero ni de la insolencia para establecerse por su cuenta. Cuando él apareció, la mayoría de las editoriales pequeñas habían sido engullidas por los llamados editores generalistas, casi todos propiedad a su vez de consorcios mucho más grandes que publicaban cualquier cosa que tuviese posibilidades de proporcionar dinero y cuyos catálogos, por consiguiente, se parecían más o menos entre sí. Impetus y P & S eran ahora anomalías, los últimos independientes, cuyos libros reflejaban los gustos y los compromisos de sus dueños. Era incierto cuánto tiempo aguantarían en la fiebre de la consolidación y la «escala» que asolaba a la industria de los libros y a otras incontables industrias como un tornado que arrasara campos de heno.

Aun así, en su trabajo con Homer, Paul tenía la esperanza de emular la determinación y el refinamiento que Sterling había desplegado para cumplir su sueño. Paul creía en los creyentes, no en los crédulos religiosos, sino en quienes aspiraban a poner de su parte para añadir algo al mundo. Lo que más valoraba era la fe absoluta que tenían en sí mismos –algo que deseaba poseer en mayor grado–, acompañada del olvido de uno mismo que exige el verdadero amor. Tener aspiraciones no le parecía egoísta.

Así que pasaba mucho tiempo soñando despierto –y no siempre sobre el caos de su vida amorosa– en aquel trastero a menudo sofocante, con moscas muertas en las telarañas y el polvo de libros que se desintegraban poco a poco en el aire. Le cautivaba el batiburrillo de imágenes clavadas con chinchetas en las vigas: un logotipo antiguo de Impetus, obra de Alfonso Ossorio (que más adelante convenció a Sterling de que lo enmarcara y lo colgara en su casa); un boceto a tinta de A. O. en su veta más profética; un grabado del Forum en el siglo XVIII, con las esquinas dobladas; una reveladora foto de Sterling esquiando en plan magnate en las pistas suizas; una postal con los bordes romos del palazzo veneciano a medio terminar de Celine Mannheim; una instantánea de Ida bailando con Robert Duncan en un bar gay de San Francisco.

Oía unas abejas en el jardín, bajo las nubes gigantescas y apacibles. Veía las malvarrosas y las rosas distorsionadas por el verde botella de las ventanas del establo. No sabía qué era más atractivo: si el mundo exterior, empapado de sol, el establo con sus atrayentes tesoros o las páginas que tenía delante en el escritorio, el rollo de papel, el legado del hombre que había escrito no pocos de los libros clásicos dispuestos a su alrededor. En parte quería estar fuera, al aire libre y fresco, tan límpido que le hacía daño en sus pulmones de urbanita, desherbando los arriates de azucenas o podando los bosques, como Sterling había dicho en broma un día en que lo encontró amontonando maleza para hacer ejercicio en el ralo soto de abedules que había detrás de la casa. Pero también quería estar allí dentro, con los vestigios efímeros de la vida de sus héroes. Como no acertaba a escoger se quedó sentado sin hacer nada hasta que sintió el escalofrío de una tormenta repentina a través de la puerta que había dejado abierta.

Se levantó a regañadientes y fue a asegurarse de que las ventanas de la casa estaban cerradas. La lluvia arreció y hubo un apagón que duró una hora. Al cabo de un rato se descargó la batería de su ordenador portátil, y Paul hojeó los papeles guardados en una carpeta de acordeón, inhalando los residuos de la vida de Arnold e Ida. Supuso que el olor a chamusquina provenía de las páginas mismas, que se consumían, invisibles, como habían hecho durante años en la caja fuerte de Impetus en Nueva York. Al final se desintegrarían y el mundo las perdería, si es que antes no las tiraban a la basura. Por el momento, no obstante, eran suyas y podía inhalarlas y perderse en ellas. Le invadió una alegría absoluta, un júbilo que sabía que nadie podía entender ni compartir, un júbilo que era como una perversión secreta, y en aquellos instantes en el establo Paul era culpable, radiantemente feliz revolcándose en la vida de sus héroes como si fuera la suya propia.

Al final de la jornada solía bajar al muelle dando un paseo y se reunía con Sterling y Bree para bañarse. Era como un mecanismo de relojería: a las cuatro en punto la vieja ranchera pasaba por delante del Cow Cottage y Paul sabía que Sterling permanecería la hora o las dos horas siguientes en el estanque, a ratos sumergiéndose en el agua pero sobre todo tomando el sol y parloteando con Bree y con Ida y con su yerno Charlie Bernstein y los niños de éste y con cualquiera que anduviese por allí.

Contiguo al campamento de Sterling estaba el de Seamus O'Sullivan, una construcción chapucera de madera en la que proliferaban porches, balcones y embarcaderos donde ondeaban permanentemente, mecidas por la brisa, toallas de baño multicolores. Seamus, veterano redactor de plantilla del *Gothamite*, donde había sido durante décadas crítico de jazz y de carreras de caballos, se consideraba un *bon vivant* y un hombre ingenioso. También se tenía por un amigo del alma de Sterling y continuamente intentaba incitarle a intercambiar bromas mordaces, tachonadas de coletillas clásicas de sus años escolares. Pero Paul creía detectar cierta apatía en las réplicas de Sterling y una correspondiente actitud menesterosa que subyacía en las pullas afectuosas de Seamus. Paul empezaba a comprender que Sterling estaba siempre un poquito ausente en compañía de todo el mundo. Dejaba que pasaran cosas, seguía la corriente, pero había un plano de su atención que parecía inaccesible.

Aquel día resultó que sólo estaba Bree con Sterling en el muelle. Ella hacía calceta y se reía de los comentarios de él sobre las noticias y de los ruidos despectivos que hacía con respecto a los estamentos sociales superiores del lago Serenity, la otra masa de agua en Hiram's Corners, a los que a los moradores del estanque Handspring les gustaba tratar con condescendencia. No soplaba mucha brisa aquella tarde, y el único velero que había en el estanque, tripulado por Rick Binss con una nueva pasajera rubia a bordo, no parecía avanzar gran cosa.

Paul, con la cabeza aturdida por su trabajo en el establo, preguntó a Sterling por la visita de Outerbridge e Ida a Hiram's Corners.

—¿Cuándo estuvieron aquí?

—Debió de ser en el 79, cuando a A. O. le concedieron el honoris causa en Harvard; de hecho, una licenciatura honoraria en letras. Como sabes, nunca se licenció.

»Fue una tarde memorable —prosiguió—. A. O. no hablaba. Estaba en su periodo de protesta silenciosa por cómo le habían tratado en los años de McCarthy. Pero Ida estuvo maravillosa. Transformó todo el asunto en algo tan natural como una reunión mundana; no paró de charlar mientras atendía a todas las necesidades de Arnold.

Paul advirtió que Bree había interrumpido su labor y, por lo que él pudo observar, miraba hacia el estanque.

—¿Qué edad tenía ella entonces?

—Veamos. A. O. tenía setenta y cuatro, o sea que ella debía de andar por los cincuenta y pocos. Pero parecía mucho más joven. Siempre ha aparentado menos años. Su piel impoluta, su porte, sus penetrantes ojos verdes..., siempre ha tenido veinte años menos que su edad real. ¡Y también se ha comportado como tal! No, no hay nadie como Ida. Nunca la hubo ni nunca la habrá.

Era la primera vez que Paul le oía hablar así. ¡Se estaba poniendo sentimental! Había leído lo suficiente de su poesía para conocer las muchas variedades de ternura que Sterling podía afectar, muchas de ellas pura palabrería que probablemente no pretendía disimular. Pero aquel día eran tan nítidas sus reminiscencias que resultaban impropias de él, a juzgar por la limitada experiencia de Paul.

—¿De qué hablaba?

–De todo y de nada, como cualquier persona normal. Llevó la conversación de maravilla, dejó que las cosas fluyeran como si no hubiese nada inusual ni indecoroso en la conducta de Arnold. Ella le encubría. Uno nunca habría dicho que Ida era posiblemente el mejor escritor de los dos. De lejos.

Bree se estaba levantando, guardaba en el bolso su labor de punto.

–Es hora de marcharnos, Sterling –dijo, aunque sólo eran las cinco, una hora insólitamente temprana para que abandonaran el muelle.

–Léela, chico –aconsejó Sterling a Paul, mientras se incorporaba con esfuerzo–. Léela.

–Oh, ya la he leído, Sterling –respondió él–. Creo que la conozco casi de memoria.

–Era una mera comprobación –resopló Sterling–. Es única, chico, única.

Siguió a Bree, que subía los escalones, y un minuto después Paul oyó dar media vuelta a la ranchera y ascender despacio por la carretera forestal.

Pasó la velada enfrascado de nuevo en Ida: en el establo había múltiples ejemplares de todos sus libros. Intentó, como siempre, adentrarse en su vida a través de sus poemas, pero, aunque Paul conocía al dedillo su itinerario amoroso, había algo escurridizo, indefinido, en los objetos o catalizadores de los sentimientos de Ida, tan precisamente expresados. Paul empezaba a percibir una voz distinta en su poesía. Cierto que todos sus objetos amorosos eran magníficos antagonistas, virtualmente intercambiables, conquistadores conquistados y despojados de su virilidad al mismo tiempo que de sus rizos, como en «Verga», de tan mala fama, que databa de 1943, escrito cuando ella sólo tenía dieciocho años:

duerme mientras puedas
mientras el sol aún vaga
cuerpo blanco alquitranado
por su mancha de ciclamen

Endimión de cabello nocturno
extendido en el crepúsculo
quédate en mis brazos
hasta que vuelva el ocaso

Pero a medida que Ida envejecía, mientras la vida circulaba por sus venas, Paul empezó a detectar un leve cambio en sus exploraciones eróticas. Era como si gradualmente llegara a albergar sensaciones de vulnerabilidad e insuficiencia. Y entonces sus autorretratos podían ser desgarradores:

Búscame debajo de mi mandil
por debajo de tu piel
temeraria y tiritando
feroz y flaca
con los ojos desorbitados

Su obra evolucionaba, y también cambiaba, conforme envejecía. Y a veces su heroica autosuficiencia empezaba a parecer simple tristeza.

A la mañana siguiente reanudó el trabajo en el establo. Al cabo de una larga caminata sintió que empezaba a progresar. Poco a poco, gracias a un penoso y tenaz proceso de eliminación, había empezado a descifrar el código de Arnold.

Había comenzado con algunas líneas largas, sobre todo en los cuadernos más tardíos, que eran repeticiones con todas las variantes posibles e innumerables formas de escribir, en caja alta y baja, tres únicos símbolos: A, 3 y #.

AAAAAAAAAAAAAAAAAAAAAAAAAAAAAAAAAAAAA
33333333333333333333333333333333333333333
##

o a veces

##
aaaaaaaaaaaaaaaaaaaaaaaaaaaaaaaaaaaaaaaaaaaaa
33333333333333333333333333333333333333333333

o

33333333333333333333333333333333333333333333
##
AAAaaaAAaaAaAaAaAaAaAaAaaaaaAAAAAaAaaAAaaA

Decidió adoptar la hipótesis de que estas figuras frecuentemente repetidas representaban las letras del nombre de Ida, que en ocasiones también aparecían descodificadas –fila tras fila de *Íes* y *Des* y *Aes*– en los últimos cuadernos. A continuación, un cotejo estadístico de la frecuencia de las letras más comunes –se acordó del viejo ejemplo del *etaoin shrdlu* de la linotipia– empezó a dar resultados. De la ciega simbología de las líneas de A. O. empezaron a surgir palabras, como figuras emergiendo de la niebla. Pero las tablas de frecuencia necesitaban algunos retoques porque muchas de las palabras –una vez más, como era de esperar– eran italianas, lengua en que las letras más usadas son *eaoin lrtsc*.

A la postre, el método de A. O. era bastante sencillo, y Paul comprendió con desaliento que si se hubiera tomado la molestia de consultar a un experto podría haber descifrado los cuadernos mucho antes. La codificación de Arnold no era tan primitiva como el cifrado César, donde una letra reemplaza a otra que se encuentra a una distancia determinada por delante en el alfabeto. Él, en cambio, había sustituido las letras y los números por una lista arbitraria de símbolos: # por *a*, © por *b*, ¥ por *c*, *x* por un espacio, *d* por dos puntos. Algunas letras y números suplantaban a otros: por ejemplo, *a* a la *i* y *3* a la *d*, *k* a la *o*, *g* al 6, cuyo descubrimiento le costó a Paul varias largas sesiones. Su hipótesis había sido correcta: cuando Arnold se refería a IDA, escribía A3#.

Sin embargo, en cuanto hubo descifrado los cuadernos, resultó, por desgracia, que no eran tan edificantes. Los «poemas» eran notas de lo que A. O. había hecho en Venecia todos los días, hora por hora, a veces minuto por minuto:

23 de ABRIL *de 1986*
 8.30 café
 9.15 lavandería
 10.36 Dr. Giannotti
 11.28 Sra. Lorenzetti
 12.45 en la calle
 15.30 en casa; largo almuerzo
 16.29 llama Sterling
 18.40 baño
 19.30 cócteles Moro
 21.00 cena
 22.59 cama; cuarto rojo

24 de ABRIL de 1986
8.29 café, cornetto
9.09 zapatero
11.19 fontanero
14.30 Giannotti...

Las anotaciones seguían inexorablemente este patrón y abarcaban más o menos los cinco últimos años de la vida de A. O., antes de que la demencia le volviese totalmente incoherente, aunque no por ello dejara de tomar notas. En el último cuaderno los garabatos eran más anárquicos, menos concisos y organizados. Las entradas de diario cesaban por completo y lo único que quedaba eran cadenas de palabras que podían llenar páginas enteras:

agitación intenso medieval bandada recuperación tajamar
* quemadura*

dique firme nivel acertijo congoja pieza fija

alstroemeria astronomía áfido arturiano inestable indecible

mesa incapaz

calzada vara de oro nevera frente pasos poseer abrazo

No había poemas ni revelaciones ni confesiones. Únicamente listas de citas intercaladas con ristras de palabras, en apariencia escogidas al azar. Y diversas variantes del nombre de Ida, codificadas o no, repetidas una y otra vez.

Los cuadernos de Arnold seguían siendo opacos. El significado que tuvieran estaba encerrado en ellos, tal vez para siempre. Paul quizá había logrado descifrarlos, ¿o eran aquellos supuestos apuntes de diario una clave en sí misma que escondía otra capa de secretos? El imperativo más profundo de quien los había escrito, el que había determinado las palabras en sus páginas, seguía siendo insondable.

Paul también había estado examinando la vieja carpeta de acordeón que había encontrado con los cuadernos. Resultó que no sólo contenía recortes, sino papeles de calco de la correspondencia intercambiada con Impetus y otros relativos a A. O. e Ida: facturas, cartas de Sterling a ambos, junto con algunas respuestas de Arnold, pero, por supuesto, nada del puño y letra de ella. Leerlas era como ver hincharse la fama de Ida.

Fue la publicación de *Bringing Up the Rear,* en 1954, la que la sacó de la crisálida de autora de culto y la lanzó a la fama. Hasta el avejentado Wallace Stevens le había escrito a Sterling: «Me da esperanza en nuestro futuro.» Robert Lowell, pariente de Ida y sólo ocho años mayor que ella, que también había tenido una carrera estelar parecida y había ganado el Pulitzer recién cumplidos los treinta, la había visto adelantarlo como una exhalación literaria. Aun así, no pudo por menos de alabar «la brillantez, la perfección y la libertad» de la obra de Ida en su artículo sobre *Bringing Up the Rear* para *Sewanee Review*. Ida, como Cal, también pertenecía a una casta superior, pero carecía de esa creencia tranquilizadora de que eso le otorgaba derechos especiales, los mismos de los que él tan diligentemente había procurado deshacerse; a ella le resbalaba por la espalda como agua de lluvia. Lowell sólo podía expresar estupor.

Había también una carta que Sterling recibió el 23 de julio de 1960 del gerente del Hotel Chelsea, que adjuntaba una factura de casi doce mil dólares:

100

La señorita Ida Perkins y su camarilla se han marchado a toda prisa esta mañana después de más de un mes de estancia en el Chelsea sin haber abonado la cuenta. Como facilitó su nombre en caso de emergencia, se la envío para que la pague.

O esta otra, de Sterling a A. O., con fecha de 28 de febrero de 1970:

Queridísimo Arnold:

Mis espías me dicen que la nieve en la Summit es incomparable esta temporada, pero no he podido ir, en gran medida debido a la demanda de la obra de Ida. Hemos reeditado trece veces Half a Heart *desde el National Book Award y mis vendedores me dicen que las librerías no logran retenerlo en sus estantes. Y toda su obra está teniendo un éxito inmenso. E. S. Wilentz me ha pillado por banda esta mañana delante de su tienda en la calle Ocho y no paraba de exclamar: «ENVÍAME. MÁS. LIBROS.» Ha sido embarazoso... y sublime. Claro está que no disponemos de más libros para enviarle en este momento, pero el impresor me prometió otros veinte mil la semana próxima. ¡Veinte mil! Nuestro cínico jefe de ventas, Sidney Huntoon, dice que «Se van hoy y vuelven mañana», en cuanto disminuya la expectación, pero en el caso de Ida, por una vez, no lo creo. Toda la ciudad aclama a la chica. Deberías haberla visto en el programa de Dick Cavett, haciéndole ojitos y arrancándole carcajadas. Y su actuación con Audrey Dienstfrey y Su Gente fue un éxito de taquilla en Boston Garden. Audrey gritó y lloró y armó una escena tremenda —por envidia, sin duda—, pero ahora las dos son uña y carne y Audrey no tolerará que su nueva alma gemela se separe de ella. Estarías orgulloso de tu consorte. Yo*

lo estoy, desde luego. Por una vez estamos acuñando dine-
ro. Ida parece disfrutar de todo esto, al menos de casi
todo; no creo que le entusiasme que la acosen en la calle.
Por suerte este fin de semana va a venir a esconderse a la
granja y traerá a ese ingrato de Hummock y quizá al jo-
ven John Ashbery. Bostezo. Maxine ha organizado un pe-
queño torneo de golf para todo el mundo que debería ser
un desmadre, pues la mayoría de los invitados no son
exactamente estrellas del deporte.

Aparte de estas noticias, lamento informarte de que
vamos a tener que descatalogar por un tiempo Elegy for
Evgenia, *porque la demanda ha caído por debajo del*
umbral aceptable para una reedición. Aquí confiamos en
que esta situación cambie en breve.

Espero que por lo demás todo discurra sereno en La
Serenissima. No pierdas la fe; aquí seguimos resistiendo,
como de costumbre.

Siempre tuyo,

Había reseñas extasiadas y los inevitables palos, en especial los propinados por *Barricade* y *The Brownouts,* que
aparecieron durante la fase denominada Anti de Ida. Había
interminables menciones de premios: cuatro National
Book Awards (y una fotografía de Ida del brazo de los también galardonados Joyce Carol Oates y William Steig en la
cena de celebración de 1992); dos premios Pulitzer; el Fel-
trinelli, el Lenin, el Nonino, el Príncipe de Asturias, el Je-
rusalén y el T. S. Eliot; la medalla de oro a la poesía de la
Academia Estadounidense de las Artes y las Letras; una carta del 41er presidente de los Estados Unidos ofreciéndole a
Ida la Medalla Presidencial de la Libertad (con una copia
en papel de calco en la que Sterling educadamente declina-
ba la distinción en nombre de Ida); una lista de treinta y

nueve títulos honoríficos, desde 1960 hasta 2005; copias de anuncios a toda página de diversos galardones; artículos en *Flair* y *Vogue* sobre su idiosincrásico sentido de la moda; facturas de Bergdorf Goodman por importe de miles de dólares, principalmente de zapatos; los honorarios de agencias de viajes por la gira triunfal de 1967 por la Costa Oeste, en la que Ida había retozado desnuda en la gran piscina de Esalen con Pepita Erskine, después de pasar el fin de semana en Watts con Eldridge Cleaver. Una foto de Allen Ginsberg y Robert Lowell sin camisa y bronceados flanqueando a una Ida pálida con sombrero de paja, tomada por Elizabeth Hardwick en Mount Desert Island en agosto de 1968, dos días después de que el *New York Post* publicara una instantánea icónica de Ida con un vestido de Chanel, mocasines a juego y un bolso de piel de cocodrilo en la entrada de La Côte Basque con Babe Paley y Truman Capote («¿Qué peinado es el más alto?», preguntaba el pie de foto). Invitaciones a doce cenas oficiales en la Casa Blanca durante las presidencias de Johnson y Obama. Un extracto de derechos de autor de *Aria di Giudecca* (7.238 ejemplares vendidos en los primeros seis meses del año 2000).

Y había esto de 1964:

> *Querido señor Wainwright:*
> *Quiero agradecerle el envío del nuevo libro de Ida Perkins,* The Face-lift Wars, *que he estado repasando con gran fascinación desde que lo he recibido. La señorita Perkins es un increíble milagro, un ser auténtico. A Gertrude Stein, que como usted sabe alentó a Ida cuando todavía era una jovencita, le habría encantado ver cómo ha triunfado.*
> *Con gratitud,*
> *Alice Toklas*

Aquella noche Paul tuvo sueños turbulentos, de Ida, Sterling y A. O., y de Gertrude Stein y Mao y Gloria Steinem (y también de Jasper) atrapados en extrañas situaciones conflictivas, batallas, triángulos, sexo duro y desventuras, y él como simple espectador, sin saber cómo intervenir, participar o calmarles. Despertó exhausto y con dolor de cabeza y pasó otro día lluvioso en el establo, terminando su transcripción, que ahora le parecía aburrida y sin sentido. Estaba harto de todos, y sobre todo de sí mismo y de su necesidad voyeurística de vivir a través de ellos. Por suerte, pronto llegaría la hora de hacer el equipaje y volver a la ciudad.

Pero antes Homer vendría a hacer una visita. Había llamado para anunciar que él e Iphigene llegarían en coche a Hiram's Corners para ver a Paul, que «confraterniza con el enemigo», había dicho con asaz jovialidad, aunque había mostrado su menosprecio por Outerbridge cuando Paul admitió que estaba trabajando con Sterling en sus cuadernos. Quizá Homer sintiera curiosidad por el estilo de vida de su rival; su residencia campestre era un chalet tirolés finisecular en Westchester, originalmente construido por su tío abuelo y que ahora, por desgracia, lindaba con Saw Mill River Parkway. O tal vez fue el puro aburrimiento lo que le empujó a salir de casa. En todo caso, Paul decidió invitar a Sterling y a Bree a un almuerzo en el Cow Cottage el día de la visita del matrimonio Stern. Preparó una ensalada de gambas, té frío y tarta helada de chocolate, y aguardó los fuegos artificiales.

Para su gran alivio, el encuentro estuvo bien. Sterling regaló a Homer, que lo aceptó visiblemente conmovido, una rara plaquette publicada en Hiram's Corners de los *First Poems* de Elspeth Adams. Todos charlaron cordialmente del tiempo, de sus hijos y de diversos autores, eludiendo, en su mayor parte, a los que «compartían» (es decir, los que se disputaban), y luego comentaron el declive general del mundo de la edición y la perfidia de los agentes, temas sobre los que concordaban plenamente los dos viejos leones. Y después, al cabo de un par de horas de agradable charla, Homer e Iphigene se habían marchado. Huelga decir que durante la conversación no se mencionó a Ida –al fin y al cabo, había otras mujeres en la mesa–, pero ella había estado intensamente presente en el pensamiento de Paul y quién sabe si quizá también en el de los otros dos hombres.

Paul se había imaginado que Ida aparecía de repente: un almuerzo en el Olimpo, *le déjeuner sur l'herbe*, todos ellos inmortalmente jóvenes, disfrutando desnudos de un festín de néctar y ambrosía. En realidad, había sido un refrigerio agradable, un momento de tregua entre guerreros envejecidos sin nada que atizase su antigua rivalidad.

«Se ha amansado», dijo Homer de Sterling cuando Paul volvió al trabajo, que fue precisamente lo que Sterling le había dicho a Paul en el muelle aquella misma tarde. El buen ambiente duró unas semanas, y después volvieron a lo que más les gustaba: despreciarse mutuamente ante Paul. Él estaba en medio, como de costumbre. Pero ahora sabía moverse mejor entre sus héroes. Había estado con ambos en el mismo lugar y momento y ninguno había alzado siquiera la voz.

VII. DÍAS SOLEADOS EN P & S

–¿Qué tal tu fin de semana, muchacho? ¿Has leído algo interesante?

Paul, que hacía varias semanas que se había incorporado al trabajo, estaba sentado en el despacho del rincón de Homer con él y con Sally, como hacían casi todas las mañanas después de que ella hubiera anotado lo que le dictaba el editor. El estilo cochambroso de la editorial incluía al santuario del jefe, que aunque era más amplio que los demás despachos y estaba amueblado con una mesa de reuniones y un moderno escritorio danés con una costra de mugre, y dos butacas de cuero de color aguamarina manchadas de sudor, era exactamente igual de cutre que el resto de la oficina. El suelo de linóleo agrietado se enceraba con bastante frecuencia, porquería incluida, con lo que quedaba tan mugriento como reluciente. Cortinas que tenían treinta años, de un beige indistinguible de la suciedad, enmarcaban ventanas que daban a Union Square, que por entonces vivía un renacimiento y se había convertido en el principal lugar de encuentro de los adolescentes de Manhattan. Ahora, en lugar de drogadictos trapicheando al pie del monumento a la guerra de Secesión en el centro de la plaza, drogadictos en rehabilitación competían con estudiantes recién salidos de clase, paseantes de perros y el ocasional transeúnte presto a ocupar los asientos de los bancos demasiado escasos. No obstante, el mercado de verduras que montaban cuatro días por semana justo delante de la oficina era un chollo. Paul veía de vez en cuando a Homer y a Sally comprando fruta o flores en su paseo diario después del almuerzo.

–No mucho. Unas cuantas novelas de poca monta.

–¿Cuándo va a terminar su libro ese monstruo de Burns? Nos debe una pequeña fortuna. Si dejara de follarse a esa chica con el anillo en la nariz y se pusiera a trabajar todos saldríamos muy beneficiados.

–Lo que Anjali lleva en la frente es un bindi, Homer. Earl llamó la semana pasada para decir que está a punto de entregarlo.

Las bromas de Homer con Paul mantenían animada y segura la relación entre ellos. Su constante flujo de cotilleos, sobre todo de carácter sexual, invariablemente contenía chismes sobre cualquiera que figurase en su lista siempre activa de comemierdas. «Davidoff es un maricón», dejaba caer, o: «Me han dicho que el chupapollas de Stevens se tira a sus dos secretarias. Cuando la Ninfo se entere va a sufrir un colapso vaginal.» Homer abogaba por la igualdad de derechos cuando se trataba de reírse de las tendencias ajenas, aunque «chupapollas» era un término exclusivamente reservado a los heterosexuales. La identidad étnica no era uno de sus principales objetos de escarnio, pero le gustaba burlarse del «pedazo de pelusa» que Gerald Bourne había traído de París en la más reciente de las visitas anuales que hacía a la ciudad (Gerald siempre se presentaba con un fular para Homer, un pañuelo estrafalario para Sally y una corbata para Paul, sin duda comprados en la tienda Hermès del aeropuerto). «¿Qué llevaba puesto *eso?*», preguntaba Homer, hablando de alguien cuya sexualidad era un poco demasiado fluida para sus parámetros antediluvianos.

«No creo que la gente haga todas las cosas que dice que hace, Homer; es imposible», objetaba Paul cuando el editor catalogaba las diabluras de sus enemigos y sus amigos, a lo que Homer replicaba: «No, pero hacen algo.» Era difícil negarlo. La actividad sexual era para Homer un indicio de deficiencia moral y de vitalidad al mismo tiempo. Daba igual lo que hiciese la gente; él estaba seguro de que hacía algo ilícito. Y eso significaba que estaba viva, como él. Quizá simplemente buscaba compañía para la transgresión.

Homer había sido un campeón del sexo en sus años de universidad, según Georges Savoy, que le dijo a Paul que Stern muchas veces volvía del almuerzo con el pelo mojado. Durante años tuvo una línea de teléfono especial en su despacho, instalada en origen, se rumoreaba, para contactos secretos con el gobierno. Ahora, en cambio, el viejo teléfono sólo sonaba cuando daba señales de vida una amiga del escabroso pasado de Homer; entonces Sally se plantaba en el pasillo y anunciaba: «Está sonando *tu teléfono.*» (Ella se negaba a contestarlo.) Se sabía que Homer mantenía un *pied-à-terre* cerca de la oficina donde se retiraba para sesiones de sexo al mediodía, en ocasiones supuestamente con tríos reclutados (pero ¿cómo?) entre sus empleadas. El sexo era el deporte preferido –el único, de hecho– en P & S (el equipo de softball era notoriamente pésimo), y Homer marcaba la pauta. «Llévate esto en tus paños menores», le dijo a su responsable de derechos, Cherry Withington, que viajaba a Frankfurt, arrojándole las galeradas de un libro nuevo. El sexo era un recreo para él, un pasatiempo saludable, inmensamente gratificante; fue también un tenista entusiasta hasta bien cumplidos los ochenta. Pero a pesar de toda su irreverencia y sus habilidades de alcoba era relativamente mojigato a la hora de publicar textos osados. No era Barney Rosset, el aventurero fundador de Grove Press, que tanteaba los límites y había desafiado las leyes de la censura publicando *El amante de Lady Chatterley*, *La historia de O* y otros clásicos lascivos. Le incomodaban las escenas sexuales de las novelas que publicaba, aunque estaba convencido (erróneamente, por lo general) de que vendían.

Paul identificaba a las antiguas amantes de Homer por la delicadeza con que las trataba y la lealtad que les guardaba, distinta de la que observaba con todos los demás: autores, parientes e incluso con sus mejores cómplices extranjeros. El sexo parecía conducirle a la amistad, quizá la relación menos ambivalente de las suyas. Era un mujeriego y no sólo en el sentido habitual de la palabra. Las mujeres parecían ofrecerle un descanso que faltaba en sus disputas ruidosas pero incongruentes con los hombres.

Le era imposible intimar de verdad con otro varón; su instinto de Neanderthal era demasiado fuerte. Se jactaba del afecto que profesaba a sus autores, en especial a los Tres Ases, pero cuando Paul almorzaba con alguno de ellos, ya que siempre le invitaban porque Homer, intuía, se sentía incómodo comiendo a solas con alguien, a menudo la conversación acababa siendo superficial, cuando no vacua: un terrible desperdicio cuando tres de los mejores escritores del mundo se sentaban a la misma mesa. A pesar del impacto que causaba, Homer era un hombre de pocas palabras, muchas de ellas irreproducibles por escrito, y las repetía una y otra vez, haciendo combinaciones ingeniosas. «Y etcétera etcétera», solían concluir sus historias, indicando con un gesto que carecían de importancia. «Hagamos un libro» era su modo de poner fin a una comida.

En lo que más destacaba era en hacerse enemigos. Nada le proporcionaba más placer que retirarle el saludo a un exempleado suyo –un «desertor» y, por tanto, una persona inexistente–, o enviar a *The Daily Blade* un comentario denigrante sobre un competidor. En su época de relaciones públicas del ejército había aprendido que daba igual lo que dijeras con tal de que tuviera eco. Usaba una serie de tampones para la correspondencia indeseada, que devolvía con la frase estampada GRANDES MOMENTOS DE LA LITERATURA, EMPANADA DE GILIPOLLECES o, mejor aún, QUE TE JODAN A TOPE, con mayúsculas en negrita que ensuciaban la página. Se regodeaba en tachar de grosero a Sandy Isenberg, el diminuto presidente de Owl House, y soltaba públicas y belicosas ocurrencias que a Sandy, muy poco acostumbrado a que le contrariasen, le hacían farfullar de rabia.

Pero lo mejor de todo era pelearse con los agentes literarios, aquellos parásitos que se entrometían en sus relaciones personales con su propiedad privada: es decir, sus autores. Paul, que consideraba aconsejable llevarse bien con la gente siempre que fuera posible, porque quizá en el futuro tuvieras el deseo o la necesidad de hacer negocios con ella, de vez en cuando sugería la conveniencia de restablecer las relaciones con el agente X, que años atrás había provocado la cólera de Homer por vender a Farrar, Straus o Knopf un libro que él quería.

«No me vengas con esa chorrada del perdón cristiano, Dukach. ¡Yo soy un judío vengativo! ¡Fin de la broma!», rugía, otra de sus maneras de acabar una conversación.

Un agente que tenía muy presente era Angus McTaggart, con quien Homer disfrutaba de una prolongada y sadomasoquista camaradería. McTaggart, que declaraba adorar a Homer, adoraba aún más repasar su catálogo para después contratar a los escritores sin agente o mal representados y exigir a P & S mejoras exageradas en sus próximos libros, los anticipios por una maniobra que a Homer le inspiraba una deleitosa indignación. La mayoría de los autores acababan quedándose, en condiciones en las que a Homer no le era rentable publicarlos, pero de vez en cuando algunos de los mejores se iban a prados más fértiles, como Abe Burack, después de que finalmente consiguiera un exitazo con su novela ambientada en Brooklyn *A Patch on Bernie*. Homer bramaba y juraba y se negaba a responder a las llamadas de Angus durante semanas o meses. Entonces éste le invitaba a comer, le pedía mil disculpas y pagaba la cuenta, una iniciativa inaudita en la pugna entre agentes y editores, y el ciclo se reiniciaba. Pero a diferencia de la Ninfo, otra agente poderosa que no podía evitar tomarse a mal las rabietas de Homer (a decir verdad, había un sesgo misógino en muchas de sus pullas), a Angus le divertía el litigio ritualizado, que era para ambos una forma de eludir el aburrimiento.

A Homer le encantaba ganar y, más aún, ver perder a otros. Pero también le gustaba el juego en sí. Y lo jugaba con una habilidad extraordinaria. Había creado un organismo muy bien articulado y explotaba eficazmente el aspecto diversivo de su personalidad, a no ser que se dejase arrastrar por sus impulsos, como sucedía bastante a menudo. Consideraba que sus empleados eran sus «hijos ilegítimos»; eran los mejores porque eran los suyos. No era un intelectual ni pretendía serlo, aunque leía, o «esnifaba», como él decía, todos los libros que publicaba. Era un amateur, en el sentido original de la palabra: amaba la escritura y a los escritores. Y era inigualable en lo que más les importaba a ellos, más incluso que el dinero: en hacer que hablaran de ellos.

Ahora, tras haberse recuperado más o menos de su combate con los cuadernos, Paul les comentó a Homer y a Sally que estaba releyendo el demoledor ensayo de Pepita sobre Outerbridge incluido en *Retrospective Transgressions,* su cáustico estudio sobre los intelectuales comunistas de la posguerra. En sus inicios, Pepita se convirtió en la niña mimada de *The Protagonist,* la revista de izquierda antiestalinista, cuando le publicaron «Jiving with Joe», una exposición de los principios totalitarios subyacentes en los movimientos estéticos, que le había dado notoriedad como la crítica cultural más aguerrida de su generación.

–Conocí a Outerbridge en Venecia –estaba diciendo Homer, repitiendo la historia que Paul había oído numerosas veces–. Su casera era Celine. Yo estaba allí la noche en que él volvió a ver a Ida, diez años después de su primer encuentro. Estaba sentado encima del Marino Marini del patio,[1] con la polla al aire, naturalmente; borracho, como de costumbre. Pero sexagenario y todo seguía siendo un hombre apuesto; no del todo un vejestorio. Lástima que ya nadie lo lea.

La malévola sonrisa de Homer era digna de verse.

–Yo no diría eso –objetó Paul–. Pero ¿qué me dice de Ida? ¿Intentó que se viniera con nosotros? No sólo entonces, sino...

–¿Es católico el Papa? –le interrumpió Homer–. ¿Qué editor que se respete no lo intentaría? Si bien la mayoría de esos papanatas no distinguen el culo del codo. Pero Ida

---

1. Se refiere a la estatua de este escultor emplazada al aire libre, frente al Gran Canal, en el Museo Guggenheim de Venecia. Es una escultura de un caballo de bronce montado por la figura desnuda de un hombre con los brazos levantados y el pene en erección. *(N. del T.)*

siempre ha sido fiel a Wainwright, aunque prometió que si alguna vez cambiaba se vendría conmigo.

No era la primera vez que Paul le oía decir eso; era la cantinela más antigua de la casa. Pero un hombre puede soñar, ¿no? Y ese sueño lo compartían Paul y Homer. Tener a Ida en P & S sería un golpe maestro para ambos. Se preguntaba si alguna vez sucedería. Ni siquiera debería pensarlo; la mera idea representaba una deslealtad con Sterling. Pero era un editor, ¿no?

Unos días después, como en un arrebato, Paul hizo una llamada a la agente de Ida, Roz Horowitz, una buena pieza, resabiada y astuta, de la que siempre había creído que sentía debilidad por él, y la invitó a comer.

–Bueno, háblame de Ida Perkins, Roz. ¿Qué es de ella? –preguntó Paul, mientras daban sorbitos de vino blanco en Bruno, el caro garito del centro, frecuentado por los grandes editores hasta que emprendieron el éxodo masivo al sur de Manhattan entre mediados y finales de la segunda década del siglo XX. Aquella tarde en concreto, Jas Busbee, el lince de la editorial Knopf, una de las pesadillas de la vida de Paul, estaba comiendo con la Ninfo en un rincón, mientras al fondo de la sala Angus McTaggart se inclinaba sobre la mesa susurrando algo con tono conspiratorio a su nuevo cliente, Orin Roden, sin duda planeando el modo de traspasarle de P & S a Owl House o a otra editorial con las arcas más abultadas (como ocurriría pronto), al mismo tiempo que le hacía señas a Paul con la mano–. Ya sabes que siempre ha sido mi poeta favorita.

–Ponte a la cola, guapito. –Roz era una diminuta bola de grasa cuyas piernas, al sentarse en su silla, no le llegaban al suelo. Tenía varias papadas y una gran mata de pelo teñido de henna y prendido con horquillas en lo alto de la cabeza; llevaba unas gafas de sol enormes y los labios pintados de un rojo vivo–. Diciendo eso no vas a ninguna parte. Ida Perkins es la poeta favorita de *todo el mundo,* y lo sabes.

–Bueno, no exactamente. Nunca he comprendido por qué hay tanta competencia entre ella y Elspeth Adams.

–¿No? Creía que habías dicho que conocías a los poetas. Tienen sus camarillas y sus claques, sus celos y sus enemistades juradas, como todos los artistas. Si eliges Stravinski no vas a ser muy popular con Schoenberg. Mira a ese bastardo de Hummock. Siempre le habla con tono despreciativo a su supuesto amigo Roden. Es la naturaleza humana.

–Supongo que tienes razón. A veces creo que es visceral, hasta biológico. Como si no aguantaran el olor del otro.

–Ojo, chico. Ida Perkins no huele. Es pura como una rosa.

–Sé que es perfecta, Roz. Y no sólo porque es tu cliente. Nadie la admira más que yo. Pero una rosa tiene un olor maravilloso, intenso..., y también espinas, hasta donde sé. Apuesto a que incluso la perfecta Ida Perkins ha tenido sus... insatisfacciones en el curso de los años. ¿Está realmente contenta con su editor?

Roz le miró de hito en hito.

–Sabes muy bien que ha estado casi toda su vida con Sterling Wainwright, tu nuevo amigo íntimo.

–Sí, por supuesto. Ni en sueños me inmiscuiría en una relación tan estupenda. Tenía curiosidad por saber qué tal ha ido. Desde la perspectiva de Ida.

–Con altibajos normales. Pero no me la imagino en otro sitio.

–Claro que no. –Paul retomó su táctica de interrogación anterior–. ¿Alguna vez has hablado con tu hermana de la obra de Perkins?

–Estás muy curioso hoy. Hebe y yo no hablamos de trabajo. Ya tenemos bastante con discutir sobre quién se

114

ocupa de nuestros padres ancianos, y de nuestras cosas. Pero sé que tiene un gran concepto de Ida, como todo el mundo con buen gusto. No me sorprendería que algún día escribiese un libro sobre ella. No creo que piense lo mismo de Elizabeth Adams.

–Elspeth.

–Si tú lo dices. Qué pretencioso puedes ponerte –murmuró Roz entre dientes, antes de pedir otra copa al camarero.

–Si alguien tiene la culpa son sus padres. Yo creo que es un nombre precioso. Pero volviendo a la señorita Perkins..., lleva unos cuantos años sin publicar nada. ¿Está bien de salud?

–Muy bien, que yo sepa. Si te digo la verdad, no hablo a diario con ella. Ya sabes que vive en Venecia. Y no tiene correo electrónico.

–Sí. He hablado con Sterling de ella y de Arnold Outerbridge, mientras trabajaba en esos cuadernos extraños que dejó. Están escritos en una especie de código. Me interesaría conocer qué sabe Ida de ellos.

–¡Arnold Outerbridge! ¿Te he contado alguna vez mi noche con Arnold? ¡Vaya una mierda! Pero te la contaré otro día. ¿Qué decías de esos cuadernos? ¿Vais a publicarlos?

–Eso lo tiene que decidir Sterling –respondió Paul con su actitud más modesta–. Ahora mismo estamos tratando de valorar qué aportarían, si es que aportan algo.

Sterling y Paul habían examinado detenidamente la transcripción de los textos antes de que Paul abandonara Hiram's Corners, pero ninguno de los dos tenía una idea clara de lo que contenían.

Roz dio un sorbo de vino y escrutó a Paul en silencio. Finalmente dijo:

–Escucha, tengo una idea. ¿Por qué no visitas a Ida después de Frankfurt? Yo te lo organizo.

–¿Crees que me recibiría? ¡Sería fantástico, Roz! No sé cómo agradecértelo.

–Simplemente recuerda que no puedes hablar de poesía con ella. Detesta los círculos literarios. Y a los lameculos.

–¡Roz! Te prometo que no lo olvidaré.

–No lo hagas. Porque si vas dándote ínfulas con ella estás acabado.

–Te doy mi palabra.

Terminaron sus dos descafeinados y Paul pagó la cuenta (dos ensaladas niçoises y las tres copas de Falanghina de Roz, más una de él), le plantó un ruidoso beso en cada mejilla y la acompañó a coger un taxi. Recorrió en autobús la Quinta Avenida para darse tiempo de soñar un poco despierto. No cesaba de fantasear sobre cómo sería estar en presencia de Ida, oírla hablar de verdad. Tenía un cierto miedo a que cuando ella abriese la boca, él se quedara tan abrumado que las palabras de Ida le entraran por un oído y le salieran por el otro, y que sólo conservara el recuerdo de la fascinación que le inspiraba.

Sí, tenía un motivo oculto para visitarla, admitió mientras el autobús se abría paso por el tráfico de la tarde, pasaba frente al Empire State Building y se internaba en los tramos más sórdidos del Garment District y Koreatown, después de dejar atrás el rascacielos Flatiron. Y Roz lo sabía muy bien; iba a organizar el encuentro, ¿no? Lo que él quería de verdad, sin embargo, era sencillamente estar en presencia de Ida, ver cómo se movía, oír el sonido de su voz. Lo que sucediese más allá de eso, si sucedía algo, sería una propina.

El autobús paró con un bandazo en la calle Catorce y Paul se apeó. Iba a ver a Ida Perkins en Venecia. Inexplicablemente, estaba seguro de que aquella visita cambiaría su vida. Pero antes tenía que pasar por Frankfurt.

VIII. LA FERIA

La actual Feria del Libro de Frankfurt se creó en la posguerra como medio para facilitar la readmisión de Alemania en el conjunto de las sociedades civilizadas de Occidente. La feria original se remonta al Renacimiento, pues la ciudad era el mayor centro comercial cerca de Mainz, donde Johannes Gutenberg y sus colegas habían inventado los tipos móviles a finales de la década de 1430. La feria se reanudó en 1949 y se convirtió en la reunión anual más importante de la edición internacional. Cada octubre, decenas de miles de editores de todo el mundo pululaban como hormigas por los pasillos, parecidos a los de unos almacenes, del inhóspito campus de la feria, contiguo al centro urbano, corriendo al encuentro con sus homólogos.

Pero en la Frankfurt actual no se vendían libros. Se vendían autores: a peso y en ocasiones al por mayor. Lo que los editores hacían allí era ejercer el derecho de vender la obra de sus escritores en otros territorios e idiomas, a menudo embolsándose una porción sustanciosa de las ganancias (los siempre paternalistas franceses se contaban entre los más beneficiados, se llevaban una tajada del cincuenta por ciento). Antes de que los agentes se percataran del potencial de las transacciones internacionales, hubo una época desenfrenada y confusa, aunque los participantes observaban puntillosamente ritos propios de señores feudales del comercio justo. Los responsables de los derechos eran en Frankfurt los actores más visibles bajo la campana de cristal, y la reina reconocida de todos ellos era Cora Blamesly, la dama de hierro de Farrar, Straus and Giroux, la que empuñaba la maza y saludaba desde las colinas de Carinthia, cubiertas de pérgolas, y era una auténtica maestra en exhibir su acento aprendido de niña bien, con su inextirpable trasfondo germánico, y en técnicas de venta sadomaso para arrancar contratos indignantes a sus desesperados «amigos» europeos.

Cora y sus secuaces retenían importantes manuscritos en la feria y luego se los «deslizaban» a bombo y platillo a sus editores favoritos de diversos territorios, exigiendo que los leyeran de un día para otro y solicitando ofertas preferentes, a menudo infladas por las expectativas y las tensiones de la atmósfera carnavalesca de Frankfurt.

Los europeos estaban hartos de que la economía cultural de la posguerra hubiese decretado que los lectores italianos y alemanes, japoneses y brasileños, y a veces incluso franceses, necesitaban y deseaban leer libros norteamericanos. No sólo a los grandes autores comerciales, los Stephen King y las Danielle Steel, sino también a los Serios Escritores Literarios. Primero habían sido los novelistas judíos, agobiados de inquietudes, imbuidos de hostilidad; les siguieron los wasps, menos interesantes, más egocéntricos, los Updike y Styron y Fox; y los anodinos principiantes, los jóvenes rebeldes pletóricos de descaro y verosimilitud a los que Cora y sus homólogos transformaban en supernovas durante los cuatro días de la feria, a veces libro tras libro y año tras año. Los nababs de la edición europea, como Jorge Vilas (España), Norberto Beltraffio (Italia), Mathias Schoenborn (Alemania) y el más derrochador de todos ellos, Danny van Gennep, de Utrecht, llevaban años apostando de este modo y estaban endeudados con Cora por importes millonarios. Cuando Roger Straus o Lucy Morello llevaban a un autor nuevo a la feria, todos se le abalanzaban, como hacían también con Ron Routman, el atrayente editor jefe de Owl House —en ocasiones, se rumoreaba, sin leer gran cosa del manuscrito (o, seamos sinceros, nada)—, porque con frecuencia, o al menos, con bastante frecuencia, los libros «funcionaban», es decir, vendían ejemplares en su país. Muchos editores disparaban a ciegas al comprar libros extranjeros y adquirían títulos que parecían exitosos pero a menudo, cuando meses más tarde recibían las traducciones encargadas, meneaban la cabeza y se preguntaban cómo aquel bodrio les había parecido caviar en la penumbra del bar del Hessischer Hof, apestado de humo y todavía abarrotado a las dos de la madrugada de editores y agentes literarios borrachos y libidinosos, despatarrados unos encima de otros en los sofás desfondados.

La serie de encuentros para el aperitivo y las *langweilige* cenas alcohólicas en las que los anfitriones, los editores alemanes, pronunciaban discursos de autobombo, y a las que seguían más tragos hasta bien avanzada la noche (tampoco era insólita la cohabitación a-la-misma-hora-el-año-que-viene), contribuían a la ininterrumpida cordialidad de la feria y a su frenesí de billetera a todo tren. Como un gran personaje del mundo editorial danés le había dicho a Homer: «Venimos a Frankfurt todos los años para ver si seguimos vivos.» Algunos ya no, lástima. Los peores eran los peces gordos jubilados que tenían el mal gusto de reaparecer y deambulaban por los pasillos cavernosos acorralando a antiguos colegas entre citas inexistentes. Eran espectros, fantasmas redivivos, y todos lo sabían, quizá también ellos.

Frankfurt era cualquier cosa menos vida social; era una rebatiña de lo más rapaz, revestida de un refinado barniz europeo. La ropa elegante, las fiestas, los puros, la subida de precios de hoteles y restaurantes y la comida decepcionante estaban cortados por el mismo patrón. Era extenuante, repetitivo y deprimente, pero nadie en la industria del libro con una pizca de estilo o sentido común se habría perdido Frankfurt por nada del mundo.

Homer estaba hecho para esta feria. En ninguna parte se le veía más relajado, más pródigo en consejos amistosos y anécdotas chistosas. Durante años se había negado a visitar la Alemania de la posguerra, pero le había convencido de que lo hiciera Brigitta Bohlenball, la vivaz viuda de Friedrich Bohlenball, que casi instantáneamente, gracias a una serie de compras perspicaces, había utilizado su fortuna procedente de la industria láctea y su ideario comunista (un suizo comunista, ¡una verdadera rara avis!) para convertirse en uno de los editores más refinados de Europa. Friedrich había publicado a una serie de novelistas y filósofos de peso antes de suicidarse a los cuarenta años, dejando a Brigitta y a su hijo Friedrich varios cientos de millones de francos suizos y un *Schloss* en Engadina, por no mencionar la editorial más chic de Zúrich.

«Ven, Homer. Lo vas a pasar bien, te lo prometo», le arrulló Brigitta mientras comían en La Caravelle, y cumplió su promesa presentando a su nueva adquisición norteamericana a los más grandes, que quiere decir los más esnobs, editores europeos.

Que hoy en día calificar de esnob a un editor parezca un oxímoron es indicativo de cuánto se ha degradado el concepto de clase en la era posbélica. Los aristócratas de la edición europea, los Gallimard, los Einaudi, los Rowohlt, eran buenos burgueses que habían superado la guerra más o menos intactos, aunque a veces con filiaciones políticas no del todo inmaculadas en el bolsillo trasero, al igual que incontables empresarios de Europa. *Mutatis mutandis,* no eran muy distintos de Homer, motivo por el cual sin duda llegó a sentirse tan a gusto entre ellos. Y se sentía de maravilla, se daba palmadas en el pecho en los pasillos fríos, sofocantes de humo, de la feria, y en los excesivamente caldeados bares de hotel y restaurantes asfixiados de humo. Hacía mucho tiempo que ser socio del club de Brigitta había acallado los reparos de Homer respecto a los boches, como todavía los llamaba, y las saturnales de Frankfurt constituían el punto culminante del año editorial de Homer y Sally.

Se presentaban como pareja, y de hecho muchos de los colegas extranjeros de Homer, algunos de los cuales gozaban de arreglos domésticos no muy diferentes, pensaban que estaban casados. Paul recordaba una cena en la casa neoyorquina de Homer, poco después de haberse integrado él en la empresa, con unos cuantos de los autores extranjeros de P & S más conocidos, entre ellos Piergiorgio Ponchielli y su mujer, Anita Moreno, y Marianne O'Loane. Norberto Beltraffio, uno de los más exuberantes colegas europeos de Homer, entró en el salón cuando éste se ocupaba del vino y, abriendo los brazos de par en par, preguntó a la concurrencia: «¿Dónde está Sally?» Iphigene, por suerte, tampoco se encontraba en la habitación.

Por lo general, Homer y Sally pasaban un fin de semana largo en un balneario en el lago Constanza, descansando de los fervores de la feria, y después volaban a Londres o a París para recuperarse a lo grande durante una o dos semanas. Habían estado de vacaciones un mes, como decían algunos en Nueva York, y con el dinero de la editorial.

Andando el tiempo, muchos habían llegado a considerarle el decano del grupo de editores literarios de Frankfurt, «el rey de la feria», como le coronó Brigitta. La aceptación de sus ritos, la pequeña cena que ofrecía todos los años al final de la feria, para asistir a la cual algunos destacados editores prolongaban su estancia, su encanto personal y su estilo indumentario, que encajaba bien allí y no parecía dispendioso o ligeramente chabacano como en Nueva York, hasta su contrabando de puros cubanos, todo acrecentaba la influencia de Homer en los pasillos y los garitos de Frankfurt. El espartano puesto de P & S, que evocaba la sencillez de la sede neoyorquina, estaba junto al stand de un gran distribuidor internacional y desbordaba de visitantes de toda Europa, Latinoamérica y Asia, que acudían a besar el sello de oro en la mano de Homer, surcada de venas.

Simultáneamente se celebraban otros Frankfurt con los que él y Sally y Paul, que en los últimos años viajaba a la ciudad con ellos, no tenían ninguna relación. Los grandes editores (es decir, los comerciales e irrelevantes), los Random House y HarperCollins y Simon & Schuster y Hachette, trapicheaban entre ellos contratos multimillonarios, aunque los agentes cada vez se reservaban más los derechos extranjeros de sus autores, recorriendo como hienas los pasillos y los puestos, o incluso, atrozmente, como el arribista McTaggart, a imitación de los propios editores (¡qué cara dura!), instalaban sus propios expositores, con mesitas coquetas y catálogos impresos, de varios dedos de grosor, que repartían jovencitas recatadas. Y luego estaba el Frankfurt de los editores religiosos; el de los tecnológicos y científicos; el de los libros ilustrados; el de las editoriales universitarias; el de los países en vías de desarrollo, por no mencionar el de los anfitriones alemanes, que no sólo era para las transacciones entre editores individuales, sino también para los autores, los críticos y los periodistas –se crea o no, los libros y los escritores eran todavía noticia en Alemania–, y también para el público, un par de días después de la apertura. Miraban embobados y se entretenían como los turistas que eran hasta que los pasillos se volvían prácticamente intransitables.

Todas estas ferias, y otras tantas, se celebraban al mismo tiempo y en los mismos espacios cavernosos, que eran como las mayores cadenas de almacenes jamás construidas, cuyos moradores afluían al recinto ferial, recorrían pasarelas mecánicas de medio kilómetro de largo, cubrían el trayecto de ida y vuelta en trenes desde la vieja y hermosa estación central, que para Paul tanto evocaba a la Europa prebélica, bebían hasta altas horas en los vestíbulos de los hoteles, peligrosamente atestados de gente, estaban resacosos y somnolientos y roncos durante el día, por la noche se quejaban y adulaban y decían mentiras piadosas y fumaban y bebían, se empapuzaban y se acostaban y bebían y follaban y se lo pasaban como nunca en la vida.

Para los editores literarios, sin embargo, Frankfurt era algo suyo y sólo suyo. Marcaban la pauta; publicaban a los Autores Importantes, los cuales a veces cometían la insensatez de acudir a las recepciones y conferencias, aunque los más conscientes pronto comprendían que estos actos eran un estorbo sin ninguna relación con lo que se traían entre manos. Los editores literarios eran los señores de la cultura, los hábiles parásitos que presidían aquel estercolero multitudinario. Se veía lo importantes que se creían al recorrer los pasillos, dando bandazos a un lado y a otro como si estuviesen a bordo de un transatlántico, lo

123

cual, sin que ellos lo supieran, en cierto modo era verdad: una gigantesca y lenta nave de los locos que navegaba a la deriva hacia el inmenso iceberg digital. Se reunían en *gemütliche* recepciones privadas a las que no se invitaba a la chusma (las invitaciones exclusivas eran un rito de la feria, se cursaban con meses de adelanto y de vez en cuando incluso se codiciaban). Se miraban aguda pero discretamente unos a otros mientras contaban trolas sobre sus últimos descubrimientos, que parecía que podían ser, pero que casi siempre, rotundamente, no eran las Grandes Aportaciones a la Literatura Universal por las que pretendían hacerlos pasar. Los profesionales entre aquellos ladrones de guante blanco se entendían de maravilla: cuándo terminaba la concordia y cuándo prevalecía el negocio; cuándo el comercio quedaba relegado y cuándo una larga lealtad imponía su ley. Homer era muy generoso con su información, ya fuera buena o mala, y un maestro consumado en difundir rumores que constituían el alma de la feria: que McTaggart estaba transfiriendo a Hummock de Gallimard a Actes Sud; que Hummock había despedido a McTaggart para irse con la Ninfo; que la Ninfo vendía en bloque su agencia a William Morris.

Homer cerraba tratos especiales para mantener a determinados autores dentro del círculo íntimo –el *cénacle,* o cártel, lo llamarían algunos– de editoriales independientes, informalmente regentadas por él y sus cómplices. Era un chalaneo anticuado, desde luego, pero con frecuencia beneficiaba a los escritores, ya que con el tiempo, si realmente tenían talento (y algunos lo tenían; de lo contrario, todo el castillo de naipes se habría derrumbado mucho antes), su talla internacional maduraría gradualmente y se ampliaría el ámbito de sus lectores tan inevitablemente como la cintura de sus editores.

Bastantes autores de Homer –más que los de cualquier otra editorial norteamericana, con excepción de Farrar, Straus and Giroux, una piedra constante en el zapato– habían acabado con el Grande, el Pez Gordo, el patrón platino de la literatura mundial, la apuesta más alta a la que él siempre aspiraba: el Premio Nobel otorgado por la ultrahermética Academia Sueca. En los Estados Unidos el Nobel no tenía el mismo peso que en otros países, pero su prestigio seguía siendo inigualable. En años recientes Homer se había aficionado a adquirir premios Nobel a la manera de quienes coleccionan relojes. Siete de los doce últimos, para disgusto de muchos, habían ido a las manos de escritores de P & S. A Homer se le había oído alardear de que tenía buenas relaciones con el rey de Suecia, cuya principal función parecía ser la entrega de las medallas.

Tradicionalmente, el galardón se anunciaba a la una de la tarde del jueves de la feria, durante la frenética hora del almuerzo. Los peces gordos eran demasiado finos como para dejarse ver aguardando la noticia; sin embargo, sus empleados sabían localizarlos en el momento crucial. Aquel año, por primera vez en décadas, Homer no había ido a Frankfurt; le retenía una operación de cadera que no admitía demora y Sally se había quedado en casa para atenderle durante la convalecencia. Paul, por tanto, había viajado solo para hacer acto de presencia, y seguía con cautela los pasos desmesurados de su jefe a través de la rutina consabida de reuniones y recepciones, procurando no parecer el paleto mal vestido que creía que debían tomarle por un miembro de la camarilla homérica.

En 2010, al igual que en los años anteriores, se rumoreaba que Ida Perkins figuraba en la lista de candidatos al Nobel. Nadie sabía si era una conjetura sólida. A menudo el ganador no estaba en la supuesta lista –tampoco se sabía

125

realmente si existía tal lista–, y si a un escritor o escritora le mencionaban año tras año corría el riesgo de convertirse en mercancía rancia, y en última instancia tenía incluso menos posibilidades de obtener el trofeo que los caballos por los que nadie apuesta en el hipódromo, aun cuando las mercancías rancias podían volverse milagrosamente frescas de la noche a la mañana y acabar ganando, como más de una vez había ocurrido. Aquel año volvía a hablarse activamente de Ida, que a los ochenta y cuatro años había entrado en el territorio del ahora o nunca como potencial ganadora: era el momento para una mujer, una poeta, una ciudadana estadounidense; ¿por qué no las tres cosas a la vez?

–Tienes que decírmelo, Paul –lloriqueó Maria Mariasdottir, que le había acorralado una noche en el bar del Frankfurter Hof, una sucesión de salas espaciosas amuebladas con numerosos sofás y butacas, pero no suficientes, en la planta baja del hotel favorito de Hitler, aunque era más amplio y desangelado que el más distinguido Hessischer Hof, en el otro extremo de la ciudad. Por la noche el Frankfurter se convertía en un antro más saturado de humo y de sudor que el Hessischer Hof, tan repleto de mercachifles de carne literaria que apenas se podían mover. A Paul le parecía el tercer círculo del infierno–. ¿Quién es Ida Perkins? –no paraba de preguntar Maria.

Era una joven editora de Reikiavik, muy trabajadora, de ojos endrinos y con una bonita estampa, que con frecuencia solicitaba información reservada a sus colegas de otros territorios porque no podía costearse lectores para leer todos los libros que le ofrecían.

–Ida Perkins es para la poesía norteamericana lo que Proust para la novela francesa. En serio.

Paul se retrajo interiormente al oírse hablar al estilo de

126

Frankfurt, una repulsiva taquigrafía comercial que él aborrecía, pero para la que había adquirido una asquerosa facilidad, incluso tratándose de Ida; aunque ella no era autora «suya», se sintió obligado a contar sus bondades cada vez que se le presentaba la oportunidad. Era ya cerca de medianoche, mucho más tarde de lo habitual para él, pero el público empezaba a espesarse como una salsa agriada. Sabía que había bebido demasiado y debía volver a su hotel de dos estrellas en el barrio chino, cerca del Hauptbahnhof.

–Sí, pero ¿es *realmente* buena? Quiero decir, *¿buena, buena, de verdad?* Necesito saberlo.

–Sí, Maria, Ida es *buena, buena, de verdad,* la cúspide absoluta. Te estoy diciendo la verdad; y ni siquiera la publicamos nosotros, por desgracia.

–¿Estás seguro? Porque traducirla será tan difícil, tan caro...

–Maria, no conozco tu mercado. Lo único que sé es que Ida Perkins es la poeta norteamericana de nuestro tiempo. Su obra va a perdurar. Si no me crees, pregunta a Mathias Schoenborn. Va a sacar sus *Collected Poems* el año que viene. Pregunta a Beltraffio. Pregunta a Jean-Marie Groddeck. Todos están convencidos.

El hecho de que algunos editores de prestigio tuvieran a un autor en sus catálogos era con frecuencia un aliciente irracional para sus colegas extranjeros.

–Sí, pero ¿es *realmente tan buena?*

–*Es buena, buena, de verdad,* Maria. En serio. –Paul esperaba no estar arrastrando las palabras, pero se temió que así era.

–Estoy indecisa.

Paul levantó las manos y plantó un beso en la frente perpleja de Maria (casi todos los europeos eran diestros practicantes del beso en el aire, en los que los labios no tocaban la piel, pero los americanos no conseguían aprender esta técnica). Al menos Maria estaba empeñada en saber si valía la pena traducir a Ida. Lo cierto era que lo que en Nueva York ardía muchas veces llegaba frío a Reikiavik, y viceversa: era la terrible verdad, y quizá la verdad salvadora, de la edición internacional. A veces Paul tenía razón en desear que existiera una píldora para el día después en Frankfurt; pero un trato era un trato, incluso cuando se cerraba con un apretón de manos y una de las partes –o, mejor dicho, las dos– estaba borracha como una cuba.

De modo que Paul, a la mañana siguiente, ocupó cauteloso el lugar de Homer en la mesa del pasillo alemán de Mathias Schoenborn para su conversación anual –«conferencia» habría sido un término más adecuado– sobre los escritores premiados de Mathias, sus éxitos de ventas de *Mitteleuropa*. Si Homer hubiera estado allí, él y Mathias, prendados el uno del otro, se habrían pasado la media hora contándose chistes verdes y denigrando a sus colaboradores más cercanos, más felices que unos cerdos revolcándose en una pocilga, pero Paul sabía que tendría que conformarse con una reunión de negocios de verdad. La experiencia le decía que pocos de los escritores que Mathias propondría tenían posibilidades de causar impacto en Norteamérica, del mismo modo que sabía en su fuero interno que a Mathias, que era uno de los fanfarrones más taimados en el ámbito de los editores internacionales, muy admirado por su vivacidad y por la incesante promoción de sus autores –una especie de versión europea actual de Homer–, no le interesaban demasiado los libros que Homer y Paul publicaban. Sin duda rezongaría por el hecho de que a Eric Nielsen, que ahora gozaba de una enorme reputación internacional, lo publicase Friedchen Bohlenball, a pesar de que no había mostrado el menor interés cuando Paul le había asediado vehementemente unos años antes para informarle de su descubrimiento. La verdad era que a Mathias le tenía tan sin cuidado lo que Paul hacía como a éste los emigrados rusos e iraníes de Mathias que malvivían en Berlín trabajando de taxistas. Aun así, todos los años se sentaban a hablar animadamente –«Él me miente y yo le miento», como decía Homer– y acudían a las fiestas que daba el otro y eran los mejores camaradas de Frankfurt, al acecho en todo momento de algún indicio, en la verborrea mutua, de esa gran rareza, el escritor de talla mundial que cambiaría las cosas para ambos. Paul había llegado a pensar que el arte de escuchar era la auténtica prueba para el «perro trufero» de Homer. Por desgracia, muchos sólo se escuchaban a sí mismos.

Con todo, a lo largo de los años, Mathias y Homer, y ahora Paul, habían compartido algunos escritores básicos de fama internacional, entre ellos los Tres Ases de P & S. Y Mathias, que era a su vez un respetado escritor de vanguardia (Homer le había publicado varias de sus oscuras y abstrusas novelas cortas antes de que pasaran a mejor vida), era también el editor de Ida y conocía perfectamente la pasión de Paul por ella y su obra. Siendo el astuto conocedor que era, Mathias a menudo parecía disponer de información privilegiada sobre las deliberaciones de Estocolmo, y aquel año no fue una excepción.

–Es posible –le dijo a Paul–. Hay otros candidatos en liza, pero es posible.

Paul no supo cómo interpretar estas hojas de té gnómicas. Lo único que podía hacer era lo que todo el mundo estaba haciendo: esperar.

Estaba en su caseta a la una en punto, pero el silencio era ensordecedor. Tras una espera exasperante, circuló que Hendrijk David, de Holanda, había conseguido por los pelos obtener los votos suficientes para llevarse el premio. Se decía que lo había esperado durante años, y que se sentaba con aire de suficiencia al lado del teléfono la mañana señalada de cada octubre.

Pero el rumor resultó erróneo. Había ganado Dries van Meegeren, otro holandés, un ensayista mucho menos conocido, y estalló una gresca indecorosa por la adquisición de sus derechos, en gran medida todavía libres. Editores de casi todas partes, que hasta entonces no habían oído hablar de Van Meegeren, se precipitaron al pasillo holandés, normalmente vacío, ávidos de comprar un premio Nobel. El puesto de De Bezige Bee, La Abeja Industriosa, el afortunado editor de Van Meegeren, parecía el mostrador de reventa de una compañía aérea después de un vuelo cancelado. (David, entretanto, nunca se recuperó y murió amargamente desengañado un par de años más tarde.)

En todo caso, el premio no se lo dieron a Ida. Paul se consoló pensando que el hecho de que no hubiera ganado significaba que aún podía ganarlo.

Telefoneó a Homer en cuanto abrió la oficina de Nueva York.

—¿Quieres creer que se lo han dado a Dries? —cacareó, aturdido por la incredulidad. Van Meegeren llevaba siglos haciendo campaña por el Nobel, hacía lecturas por toda Escandinavia, escribía artículos sobre la obra de los miembros de la Academia y hasta había empezado a frecuentar a una sueca de quien se decía que se tuteaba con el secretario de la institución.

—Ese granuja ha estado lamiendo culos suecos durante años —respondió Homer—. Yo esperaba que se lo diesen a Les o a Adam. Necesito mi cuarto as, ya sabes.

—Llegará, Homer. A su debido tiempo. Aquí todo el mundo te manda un abrazo.

Paul le transmitió los saludos de un montón de viejos colegas.

—No te metas en líos y diviértete. Te veré el lunes.

—El lunes no. Recuerda que después de la feria voy a visitar a Ida Perkins en Venecia.

—Bien. —Paul oyó que Homer carraspeaba al otro lado del océano—. Bueno, dale un azote en el culo de mi parte y dile que siempre tendremos los brazos abiertos. ¡Mantenme informado!

—Lo haré; al menos lo segundo y lo tercero —contestó Paul, y colgó.

Todavía quedaban dos días de feria, pero a duras penas pudo esperar a que terminara. Se presentaba en sus citas como un sonámbulo y se forzó a asistir a unas pocas recepciones, tratando de dominar el entusiasmo de presidir en nombre de Homer la cena de la noche del viernes. No pudo evitar pensar que los compadres de Homer, en ausencia de su «intrépido cabecilla», tendrían puesto, igual que Paul, el piloto automático para su actuación bien ensayada de grandes de la cultura: mariscales de Francia, les llamaba alguien. Paul sabía que el engreimiento era omnipresente, pero había una particular acritud aduladora en el chalaneo de Frankfurt que a él le parecía nauseabunda, sobre todo cuando también él la adoptaba. Era algo muy alejado de la poesía de Ida o las novelas de Ted Jonas, empapadas de angustia y soledad. Le ponía ligeramente enfermo pensar en Ida o en Eric Nielsen o en Pepita allí, entre aquellos mercaderes de palabras tan elegantes y sobrealimentados que se comportaban como si fueran los dueños de la piel de sus escritores.

La noche del viernes se levantó con su traje de confección de la larga mesa en un restaurante de hotel, por lo demás desierto, mientras la tribu de Homer —Brigitta,

Norberto, Mathias, Beatriz, Jorge y Lali, Héloise, Gianni, Teresa– aguardaban expectantes, estaba seguro, a que cometiera un error no forzado. Hizo una tentativa de imitar uno de los brindis atrevidos que Homer lanzaba de improviso, pero sus intentos de ser gracioso en público solían salirle un poco forzados. Todo, sin embargo, parecía ir bien hasta que cometió el error de mencionar los e-books:

–¡Vaya, antes de que os deis cuenta, estaréis disfrutando de Padraic y Thor y Pepita y Dmitri en vuestros propios dispositivos, igual que nosotros! –exclamó con un regocijo impostado, puesto que él nunca había abierto un e-book.

Fue como si se hubiera tirado un pedo en la mesa o mencionado el Holocausto. Brigitta y Mathias se miraron con ojos desorbitados y se sorbieron las mejillas, como espectros salidos de los *Desastres de la guerra* de Goya, imaginando la horda digital que avanzaba desde Occidente como la última cepa de gripe americana. Gracias a Dios serían demasiado viejos para preocuparse cuando llegara a sus costas.

Paul se sentó abatido en su sitio. ¿Qué dirían Homer y Sally cuando se enterasen, como sin duda harían, de que había demostrado de una vez por todas que no era la persona indicada para aquel mundo tan mullido, que miraba al pasado?

Se moría de impaciencia por respirar el aire fétido de su amada Venecia, adonde se escapaba a menudo después de la enrarecida y entumecedora atmósfera de la feria. Regó lo que quedaba de su chuleta de ternera con demasido *Rotwein* dulzón, acompañó a sus últimos invitados fuera del fúnebre restaurante y fue a la estación para coger el tren de medianoche con tiempo de sobra. Llegó a Venecia temprano a la mañana siguiente, habiendo dormido poco pero atenazado por la emoción.

Se permitió el despilfarro de un taxi acuático por el Gran Canal, pasmado como siempre por lo realmente extraña que era Venecia. Los palacios cerrados caían a pico en el agua aceitosa, verde loden (¿qué los sostenía?). El cielo alternaba tonos perla y azul Bellini. Sintió ráfagas de hechizo y desconfianza, de júbilo y repulsión. Venecia era una alucinación desasosegante, el entorno más artificial del mundo: una Disneylandia para adultos. Apestaba a sexo y a su putrescente compañera, la muerte. Thomas Mann había captado perfectamente su aura febril de colorete.

¿Qué hacía allí Ida Perkins, la encarnación, con sus mejillas coloradas, de la expansividad y el optimismo norteamericanos? Era un lugar para esconderse, para irse apagando, no para agarrar a la vida por las solapas, como ella había hecho siempre. ¿Se habría contagiado del desaliento senil de A. O.? ¿O habría revivido con Leonello Moro? ¿Ida seguiría siendo Ida?

Paul pasó la mañana vagabundeando, sorprendido una vez más por la belleza en apariencia casual de los espacios públicos italianos, que con el tiempo habían adquirido una irregularidad y una utilidad desenfadadas. Siempre se había sentido más ligero en Italia, despojado de expectativas, propias o ajenas; allí se podía mover a su antojo, sin trabas y sin que le observasen, como en ocasiones podía hacer también en Nueva York, cuando caminaba al mediodía entre la multitud anónima. Comió al sol otoñal en una *trattoria* del Campo Santo Stefano e intentó resucitar su italiano aletargado. Releyó *Aria di Giudecca*, el libro de Ida sobre Venecia, tan consciente de la decadencia e incandescencia de la ciudad como cualquier otro que conociese («ciudad de santos judíos / de callejones ciegos y fintas / de tintas y tintes»). Después, mientras bebía a sorbos un *espresso*, empezó a hojear sus transcripciones de los cuadernos de A. O.:

14 de JUNIO de 1987
   8.45 caffé latte, pane al cioccolato
   10.15 Dr. Giannotti
   14.30 ordenador
   15.40 llamada telefónica –EE. UU.
   16.20 Debenedetti
   17.00 costurera
   20.00 Celine

pelo cielo destello hebra reflejo almohada portada

¿Costurera? ¿Para qué vería Arnold a una costurera? Paul tiritó un poco cuando las sombras crecientes taparon el sol vespertino. Luego reanudó su lectura. El lunes iba a reunirse con Ida Perkins. Tenía un montón de preguntas que hacerle y quería estar preparado.

IX. DORSODURO 434

El lúgubre «bizantino falso» del bar del Hotel Danieli, a las tres de una tarde de octubre, sólo lo mitigaba en parte el fuego de la chimenea reflejado en los espejos añosos, colgados muy alto. La tapicería de los sofás, de un gris *peau de soie* moiré, casaba con el estado de ánimo de Paul. Fuera reinaba el clima bruñido de un otoño veneciano: un azul puro, sin nubes, veinte grados al sol en la Riva degli Schiavoni; pero él estaba atrapado allí dentro, con el abrigo en el sofá a su lado, esperando a Ida Perkins.

Estaba tenso y concentrado, como solía estar cuando iba a reunirse con alguien desconocido, pero en especial ahora. Se disponía a afrontar un cara a cara con la Persona, la Diosa, la Única...; se estaba acelerando, lo sabía; tenía que parar.

¿Qué hacía allí? Tuvo una súbita urgencia de largarse a Nueva York y olvidar todo el asunto. Pero jugueteó con su BlackBerry, mirando los mensajes, pero sin leerlos.

De pronto una figura menuda apareció por la esquina del vestíbulo y escudriñó la semipenumbra moteada de partículas antes de acercarse a él, sorteando los islotes de mobiliario que había en el bar.

Había llegado Ida.

Pero no, no era Ida, sino una italiana de edad avanzada con un pesado chaquetón marino.

–Signor Dukach, la Contessa Moro no se encuentra bien hoy, *mi dispiace davvero* –dijo la mujer–. Me ha pedido que le pregunte si podría visitarla mañana por la tarde.

–Sí, por supuesto, señora. Iré.

Sintió un escalofrío. ¡Iba a visitar a Ida en su casa! A lo largo de los años, en sus viajes a Venecia, había curioseado en torno a su domicilio con la esperanza de vislumbrarla en una ventana o, mejor aún, de verla en la calle. Ahora iba a verla en persona.

–*A che ora, signora?* –preguntó, con la mayor indiferencia que pudo.

–*Alle quattro del pomeriggio, per piacere. Dorsoduro 434, presso San Gabriele. Grazie, grazie tante.*

La mujer miró alrededor inquieta y se frotó las manos como para calentarse del frío, aunque el lugar estaba agradablemente caldeado. Se disculpó con un movimiento de cabeza, retrocedió, se volvió y se fue.

¡A Paul le habían concedido un aplazamiento! Iba a ver a Ida, pero no todavía. Libre de preocupaciones, dio un paseo en la luz menguante hasta el Arsenale y de allí se dirigió a San Pietro di Castello, desde donde regresó a San Marco a través de un dédalo de ríos estancados, y después cruzó el puente de Accademia. En el museo se limitó a ver sus Carpaccios predilectos y luego se encaminó a Montin, una *trattoria* sencilla, en un canal que parecía pintado por De Chirico donde el *maître* se mostró encantado de enseñarle la mesa a la que Ezra Pound se sentaba con Olga Rudge todas las noches, de espaldas a los clientes, y en ocasiones con Arnold e Ida.

Tomó un par de *limoncelli* después de su *fegato alla*

veneziana con polenta y volvió andando a su hotel, al borde de un pequeño canal que daba a la Giudecca, pasando de camino por delante del monumento a Dmitri Chavchavadze. Dmitri, que unos años antes había muerto de un ataque al corazón en Atlanta, había elegido, como otros emigrados, pasar su inmortalidad en Venecia, el último apeadero del exilio.

Paul se durmió inmediatamente. Por la mañana se puso en marcha hacia el gueto y los más alejados confines de Cannareggio con su manoseada guía roja de Michelin, y en el trayecto hizo una parada obligada en Santa Maria dei Miracoli, con su bóveda de cañón, asentada como una nave de mármol en el puerto de pequeños canales que la circundan.

La entrada sin distintivos reseñables al palazzo Moro di Schiuma daba a una angosta callejuela que moría sin ceremonia en el Gran Canal. Paul llamó al timbre exactamente a las cuatro de la tarde y una puertecita se abrió con un clic. Después de recorrer un corto pasadizo de ladrillo entre altas paredes de estuco coronadas con fragmentos de botellas rotas, se encontró en un jardín abandonado. Unas enredaderas que estaban perdiendo sus hojas enrojecidas cubrían la trasera de la casa. Paul franqueó el pórtico a la derecha, como le habían indicado, y subió a la cuarta planta en el pequeño ascensor.

Daba a una entrada cuadrada de mármol en la que una mujer alta y frágil, con el pelo inmaculadamente blanco, recogido en un moño, se apoyaba en un bastón con una empuñadura tallada en marfil amarillento. Llevaba un vestido de lana marrón, con mucho estilo, y una sola joya, un broche redondo de oro crudo, y zapatillas de terciopelo marrón.

Sí, Ida seguía siendo Ida, conjeturó Paul, observándola en cuanto se hubo recuperado de la conmoción de su presencia. Sus pómulos altos conservaban su encanto casi mongol, aunque la piel que los surcaba había perdido firmeza.

–Pase, señor Dukach.

–Señora Perkins, es un gran honor conocerla.

Ella hizo media reverencia, señaló un par de sofás en medio de la habitación y le condujo despacio hacia ellos; se sentó frente a Paul, con una mesa de té entre ambos.

Al moverse por la habitación de techo bajo, amueblada por grupos espaciados de butacas bajas venecianas, e iluminada aquí y allá por lámparas de cristal de Murano, rojas y verdes como semáforos, Paul advirtió al fondo una galería cerrada que se asomaba a lo que tenía que ser el Gran Canal. Era allí donde había leído en alguna parte que Wagner había compuesto el tercer acto de *Tristán e Isolda*. Las paredes estaban tapizadas de damasco beige, y en vez de las consabidas escenas venecianas las adornaban pinturas de Severini y Morandi y, para su delectación, una marina surrealista, la más grande y cautivadora que Paul había visto nunca, obra de De Pisis, el posimpresionista italiano. Se preguntó dónde estaría la renombrada colección contemporánea de Leonello Moro.

Ardían unos leños en la pequeña chimenea cerca de la puerta y había una lámpara encendida en el escritorio próximo al extremo este de la habitación, contiguo a la galería, donde Ida había estado trabajando, o eso parecía.

–¿Le apetece un té, señor Dukach?

El recalcitrante acento de la clase alta de Boston de Ida, con sus amplias vocales alargadas, pertenecía a otra época.

Él asintió, distraído. Estar allí le inducía a olvidar lo que con tanto esmero había pensado decir.

Ida agitó una campanilla en la mesa a su lado. Apareció la mujer de la víspera.

—*Tè, per cortesia,* Adriana —pidió Ida a su sirvienta—. Bien. Entonces, ¿en qué puedo ayudarle? —preguntó, volviéndose hacia Paul. Lo dijo con firmeza, quizá con cierta brusquedad, mientras palmeaba los almohadones que había detrás de ella, para ponerse cómoda. A Paul le sorprendió descubrir que a diferencia de la extroversión que le había atribuido en sus fantasías, la Ida que tenía delante era anticuada, comedida, seria. Y cautelosa.

—Rosalind Horowitz, a quien creo que usted conoce, me sugirió que viniera a verla —empezó—. Trabajo con Sterling Wainwright en los cuadernos rojos de Arnold Outerbridge. Estamos intentando..., bueno, *yo* estoy intentando entenderlos.

—Oh, sí —asintió Ida—. Roz me lo escribió todo sobre usted. —Pareció relajarse un poco—. Y Sterling me dice que sabe usted más que nadie sobre mí, sobre mi obra, por lo menos; aparte de él, claro está. Lo cual es un poco más que alarmante, debo confesar. —Se rió con una risa un tanto desagradable—. Desde luego nunca le he oído hablar así de ningún otro editor, ¡y para colmo uno que trabaja con Homer Stern!

Ida volvió la cabeza hacia él con un sesgo socarrón, como si esperase que Paul se delatara. ¿Aquella mujer era de verdad Ida, la interlocutora de sus sueños más atrevidos?

—Sterling ha sido sumamente amable. He aprendido de él un montón de cosas increíbles. Y Homer me ha pedido que le transmita sus recuerdos. *Él* siempre está hablando de *usted*.

—Me lo figuro —respondió ella con una breve risa—. ¿Cómo está mi querido Homer? ¿Sigue persiguiendo faldas?

–Bueno, probablemente no tanto como antes. Tiene más de ochenta años, ya sabe.

–¡Qué impertinente por su parte mencionarlo, joven! ¡Como sabe muy bien, yo soy incluso más vieja!

Para su alivio, Paul vio que Ida se reía ahora abiertamente. No le había producido aversión. No todavía.

–Es difícil de creer. –Consiguió alzar los ojos y mirar a los de ella, que le estaban enfocando tensamente, con su legendario color verde intacto–. De todas formas, como estaba diciendo –prosiguió Paul–, en mi tiempo libre he estado intentando ayudar... a Sterling a descifrar los cuadernos de Outerbridge. He hecho progresos con el código que usó para escribirlos. Sé lo que dicen. Pero lo que significan sigue siendo un misterio. Roz pensó que usted podría ayudarme; que podría decirme algo más sobre ellos.

La mujer de gris apareció con una bandeja de té y la depositó en la mesa entre ambos. Ida guardó silencio mientras servía el té: Lapsang souchong; su aroma intenso, ahumado, le hizo a Paul casi el mismo efecto que una droga. Ella le ofreció leche, que él aceptó, y azúcar, que rechazó. Después Ida alzó los ojos.

–Bueno. Ha leído los cuadernos...

–Sí. Parecen notas puntuales de algún tipo. Un diario de sus actividades cotidianas. Muy minucioso y...

–Y obsesivo.

–Bueno, sí, en una palabra. Como si necesitara dejar constancia de cada uno de sus movimientos.

–Ya veo –respondió Ida tristemente, mirando a su regazo. Después alzó la vista, con las profundas arrugas grabadas en su tez bronceada, y dijo, cuidadosamente–: Me temo que en sus últimos años Arnold ya no era capaz de trabajar. Lo cual era terriblemente cruel, teniendo en cuenta lo prolífico que siempre había sido, su total entrega a la escritura.

140

–Lo lamento mucho –dijo Paul, bajando los ojos. Hubo un silencio antes de que añadiera–: No hay nada peor que ver a una persona brillante privada de sus talentos.

Ida asintió.

–Estuvieron juntos mucho tiempo –continuó Paul, tratando de sonsacarla suavemente.

–Casi veinte años, esta última vez.

–Debo confesarle que siempre les he imaginado codo con codo, compartiendo el trabajo, comentando ideas, inspirándose mutuamente.

–Bueno, veo que no ha aprendido mucho en sus años jóvenes –replicó Ida, burlonamente.

–Perdóneme, señora Perkins, pero espero que pueda apreciar la influencia que usted y el señor Outerbridge tuvieron sobre la imaginación de algunos de nosotros –respondió él.

–Usted no será uno de esos despreciables sabuesos literarios que creen que pueden deducir de la obra de un escritor hasta el más mínimo y sórdido detalle biográfico, ¿verdad? –preguntó Ida, con una suspicacia mal disimulada.

Paul se echó hacia atrás, cortado. ¿Él era eso?

Ida apretó la mandíbula. Sus ojos lanzaban chispas de indignación.

–¿Cuándo, me pregunto, se dedican los escritores simplemente a vivir sus vidas aburridas? ¿No sabe que vivir no consiste en escribir, señor Dukach? Siempre había muchas otras cosas. Los hijos de Arnold. Las compras. La colada... ¡y los médicos! Escribir es algo que uno hace, que los dos *hacíamos,* debería decir, para escapar, para huir. Y quizá también para entender nuestros errores, los malos pasos que uno sabe que ha dado pero que de otro modo no logra aceptar. Psicoanálisis de pobre, lo llamaba Arnold.

»Arnold se peleaba todos los días con el mundo. Pero le tenía sin cuidado qué había para cenar o quién se acostaba con quién. Nunca apartaba los ojos del panorama general.

—¿Y usted? —aventuró Paul.

—Mi historia era completamente distinta. Me crié en un entorno protegido y pronto sentí la necesidad de evadirme. A diferencia de Arnold, que sufrió privaciones desde niño. Sterling y yo tuvimos que escaparnos para ver las cosas por nosotros mismos. Es lo que nos unió aquel verano en Michigan. Todos aquellos marinos y jugadores de cróquet arremolinados a nuestro alrededor en el comedor de Otter Creek, organizando sus torneos y regatas mientras nosotros planeábamos nuestra fuga a Nueva York, Londres, París.

Paul se relajó un poco. Intuyó que Ida estaba iniciando uno de sus soliloquios.

—Y también llegamos allí, cada uno por su lado. Nos ayudamos; al menos él me ayudó a mí, aunque mis opciones como mujer eran, no hace falta decirlo, mucho más limitadas. ¡Cuando publiqué mi primer libro fue un verdadero escándalo en Bryn Mawr! La sombra de Marianne Moore gravitaba sobre el lugar como una empalagosa nubecilla modernista. La atmósfera era, desde luego, demasiado claustrofóbica para una servidora. Y aquellos intensos... enamoramientos *inocentes*. Yo *no era* inocente, o por lo menos no quería serlo. ¡Quería ser escandalosa!

Ida se estaba divirtiendo.

—Ciertamente puso la poesía patas arriba, desde el mismo principio —dijo Paul.

—Estaba en el segundo año de universidad, me divertía un poco. Pero *ellos,* la tribu literaria, me tomaron en serio. Era lo último que me esperaba, o que quería. Otro régimen, con otro conjunto de reglas y expectativas.

–¿Qué sintió al verse aclamada por toda la ciudad cuando era todavía una adolescente?

–Todos aquellos idiotas, jóvenes y viejos, con sus revistas ilegibles y su afectada fatuidad. ¡Mojigatos! Siempre he despreciado a la clase dirigente, Paul, y eso incluye a los bohemios, que en realidad no se diferencian de los banqueros. La poesía, para mí, y creo que para cualquier persona seria, se ocupa de la otredad: la «inadaptación», el aislamiento. No entendían una palabra de lo que yo escribía, ni de lo que me estaba pasando.

Ida se recostó y tosió un poco. Su cabello finísimo era algodón de azúcar a la luz de la lámpara.

–Entonces conocí a Barry Saltzman. Lo vi como una salida: apuesto, abierto, maduro, servicial, generoso. Era bastante mayor que yo, pero no le molestó una pizca que yo fuese escritora; y díscola, además. Estaba orgulloso de mi «independencia». Pensaba que él la estaba estimulando. Teníamos un apartamento precioso por las Setentas Este y yo tenía sirvientas y una secretaria y todo el tiempo del mundo para escribir. Sólo que no tenía nada *sobre* lo que escribir, ¿comprende? Necesitaba experiencia. Necesitaba *trastornar mis sentidos*.

Alzó la vista, como para comprobar si la escuchaba. Paul asintió, animándola.

–Y apareció de nuevo el seductor Sterling, merodeando por el Village con gente con la que Barry no habría sabido cómo hablar. Sterling me llevaba a todas partes, incluso a su apartamento más de una vez, no me avergüenza decirlo, y... Pero... –Ida miró hacia las ventanas– le estoy aburriendo.

–¡Al contrario! Nada más lejos de la realidad.

Su piel era casi traslúcida. Ida temblaba ligeramente a intervalos mientras proseguía.

143

—Después llegó Stephen, Stephen Roentgen, en una de aquellas insufribles conferencias en la galería de arte de la Cincuenta y siete. Mi otrora pretendiente, Delmore Schwartz, estaba allí, todavía más o menos en su sano juicio, y John Berryman, y también el bueno de Wallace Stevens, que venía de Hartford, la única vez que le vi, quejándose aún de Eliot, ¿puede creerlo? Fue cuando la puerca de Ora Troy empezó a dar guerra y a acusarme de pescar en caladeros ajenos. Siempre buscando llamar la atención. Pero Stephen, que acababa de bajar del barco que le trajo de Liverpool, era un auténtico genio, con sus ojos de loco, un hombre desmesurado y un poeta maravilloso. Sí, él había conocido a Ora, pero lo nuestro fue un flechazo recíproco. Sin duda habrá visto las fotos de Stephen con la pechera desabrochada y aquella onda soñadora en el pelo. Tenía tanto brío; e intensidad, compromiso, talento, confianza en sí mismo. Lo que no tenía era resistencia.

Ida le miraba directamente a través de la mesa de té. Paul no sabía cómo reaccionar. Le preocupaba pensar que la estaba fatigando, pero ella siguió adelante.

—Nos casamos. Barry y yo nos habíamos divorciado después de que él descubriera lo de Sterling. No lo soportó, y no le culpo. Al final quería vivir en un barrio residencial, y se merecía a alguien con quien compartirlo plenamente. Yo necesitaba estar en Varick Street, en los barrios del sur. Así que él se marchó con Alice Pennoyer y fueron todo lo felices que se puede ser, al menos eso creo. Y yo adoraba de verdad a Stephen.

»Pero se quedaba seco. Se quedaba sin gas. Me culpaba a mí, ¿sabe?, decía que yo le absorbía toda su sustancia, que se quedaba sin fuerzas en cuanto yo daba buena cuenta de él. Lo cual era ridículo. Todo el mundo sabe que la

144

energía erótica se repone sola. Esto fue antes de Thomas, por supuesto.

–¿Thomas?

–Nuestro hijo, Thomas Handyside Roentgen –dijo Ida, con toda naturalidad–. Nació el 13 de enero de 1951, al cabo de veintiocho horas de parto. Murió tres días después.

Paul se puso tieso como un palo.

–No sabía que hubiera tenido un hijo –dijo, con la mayor calma que pudo.

–Era nuestro secreto. No estábamos casados; supuestamente, Stephen estaba con Esther Podgorny. Y luego nuestro pequeño murió. Murió. Todavía sueño con él. Con cuando lo tuve en brazos durante aquellas horas preciosas. Hoy tendría cincuenta y nueve años.

Guardó silencio, sumida en recuerdos; pero era Paul el que tenía lágrimas en los ojos. «Lo siento muchísimo», fue lo único que acertó a decir. ¿Cómo se le podía haber pasado por alto este hecho trascendental de la vida de Ida? ¿Qué más ignoraba o no había comprendido de aquella mujer a la que creía conocer al dedillo? De repente ciertos versos e imágenes que se daba cuenta de que nunca había captado realmente –*habitaciones vacías* y, sí, *cementerios, cipreses, mortajas*– encajaron:

> *la mañana batida por la nieve en que sostenía*
> *tu minúscula mano púrpura*

¿Cómo podía no haberlo visto?

Pero Ida continuaba hablando.

–Nos casamos después, y nos fuimos a Londres. Queríamos tener otro hijo. Pero yo no podía, me dijeron los médicos. Creo que los dos nos culpábamos uno a otro sin decirlo. Pero siempre amaré a Stephen. Siempre.

145

Sonó un teléfono en alguna parte del apartamento. Adriana apareció en el umbral de la puerta, pero Ida meneó la cabeza y la mujer desapareció.

–Y de repente apareció Arnold. Le conocí a finales de los años cincuenta, en casa de Louis MacNeice. Seguro que usted sabe todo lo demás. Por entonces él seguía respirando fuego y azufre, política y moralmente ponía a todo el mundo a la defensiva; era insoportable, la verdad, aunque nadie le prestaba mucha atención todavía. Un recalcitrante doctrinario marxista-leninista, algo enormemente temerario en el apogeo de la Guerra Fría. Y a mí me atrajo eso: su sentimiento de agravio, su convicción de que el mundo necesitaba arreglo y que arreglarlo nos competía a nosotros, a nadie más que a *nosotros*. «Recréalo» era algo más que estética para Arnold. Y eso que era el más sublime poeta.

»Nadie de la generación anterior había sido más apremiante, más persuasivo, más presciente. Y yo sabía que él me comprendía de la cabeza a los pies, a mí y mi obra. Como soy una mujer, todo el mundo siempre da por sentado que el amor es mi tema. Y lo *es*. Pero siempre hay muchas otras cosas. Y Arnold no me relegó al vagón de segunda clase. No le hacía falta ser condescendiente. Y me enamoré. Me enamoré profundamente.

»Él vivía con Anya Borodina, la bailarina. Eso creo, al menos. Arnold nunca daba muchos detalles. Cuando más tarde vivíamos juntos yo tenía que ocuparme de *todo,* desde zurcirle los calcetines y pagar el recibo de la luz hasta la comida... y la bebida. En ese sentido era recalcitrante. Pero en su mente éramos iguales, de un modo como nunca he conocido en otra persona. Arnold me comprendía como soy. Y en algunos aspectos eso era lo más radical de él. No he conocido a ningún otro hombre que lo haya hecho. Nos veíamos constantemente, hasta que de pronto se levantó y se fue.

—¿Se fue de Londres? ¿Adónde? ¿Qué sucedió?

—Nunca lo supe. Sólo... se fue. Me quedé devastada, naturalmente, pero nunca nos habíamos prometido nada, y tampoco lo hicimos más adelante. —Hizo una pausa—. Así tiene que ser entre dos personas, ¿no le parece? ¿Qué es seguro en esta vida? Y si algo lo fuese, ¿lo desearíamos?

—¿Y qué me dice de Trey Turnbull? —preguntó Paul.

—Qué puedo decirle. Era un viejo amigo de Stephen. Debería haberles visto a todos ellos de parranda noche tras noche en el White Horse, en el West Village. Trey era un adolescente tardío, totalmente egoísta, muy poco fiable, y uno de los personajes más fantásticos y embriagadores que he conocido. Una noche me encontré con él en un club de París; entonces él llevaba más de diez años viviendo allí. Pensé: ¿por qué no? Sí, era diez años más joven que yo: qué horror. ¡Un hombre tan guapo! Y un músico estupendo. En aquel tiempo no dejábamos escapar las ocasiones, Paul. Se siente en la música de Trey, creo, en los silencios entre sus solos. Un exquisito... vacío.

Ida sonrió débilmente y citó el título de una de sus obras menos conocidas pero, para Paul, una de las más logradas. Asintió, y le agradó ver que ella sabía que había captado su referencia, aunque él ahora la comprendía de una manera trágica, enteramente distinta.

La cabeza le daba vueltas. Pidió a Ida que le disculpara y ella le indicó un pasillo angosto. Él se paró a mirar las escenas de género y de carnaval en las paredes, las más ingeniosas y evocadoras que nunca había visto.

Al secarse las manos observó su infortunado reflejo en el viejo espejo ahumado. ¿Qué tenía que ver con él todo aquello? Pero cuando volvió a la calma y al confort tan acogedores del salón, fue evidente que Ida ansiaba continuar.

–¿Por dónde íbamos? Sí, por Trey. Pronto se vio que estábamos hechos para ser sólo amigos. Él tenía un montón de otros... intereses. Y yo por entonces pasaba largas temporadas en Nueva York, con Allen y Frank y Jimmy... y Abe Burack. Y Bill de Kooning también, un mes de julio en Springs. Trey detestaba Estados Unidos; había vivido más de diez años en un exilio impuesto, como hicieron muchos artistas negros en aquellos tiempos.

»Y yo no soportaba a Nixon. No aguantaba su adusto ceño fruncido. Por no mencionar que lo que estábamos haciendo en Vietnam me ponía literalmente enferma. Volví a encontrarme con Arnold aquí, en casa de Celine Mannheim, y, bueno, ya no volví. Oh, iba a dar lecturas y a ver a Sterling y a Maxine cada dos años. Pero Arnold se convirtió en mi vida. Aquí en Venecia. Durante veinte años.

–¿Y nunca hablaban de su trabajo?

–Nunca, mientras estábamos escribiendo. Teníamos la lista habitual de obligaciones y fastidios, como todo el mundo, y, como ya he dicho, muchos médicos. La medicina italiana, Paul, no se hace usted idea. Aunque algunos son maravillosos. Pero son filósofos, ¿sabe?, no científicos.

»Pero cuando llegaban los libros de Impetus nos sentábamos a leerlos juntos, como si fueran de otra persona. Y hablábamos durante horas de lo que nos gustaba, lo que nos molestaba y decepcionaba de lo que habíamos leído, y de lo que nos habíamos robado el uno al otro. Lo que habíamos buscado en nuestro trabajo, lo que habíamos pretendido y hasta lo que no habíamos conseguido. También de lo que nos daba envidia, y no sólo en la página. Arnold siempre sabía *exactamente* lo que yo me traía entre manos. Apuntaba directamente al dolor que yo quería encubrir en mis escritos. Y a mis infidelidades, aunque sólo fueran de corazón y cabeza, como solían ser, al menos hasta los últimos años. Y rabiaba y despotricaba una y otra vez, y luego se calmaba. Las cosas volvían a su sitio, la poesía.

»Por eso no sé nada de los cuadernos, Paul. No habría podido. Me parece sumamente extraño que los escribiera codificados. La comunicación era lo que Arnold apreciaba por encima de todo. Pero, como he dicho, en sus últimos años estaba... mucho menos disponible, tanto para mí como para los demás. Nos distanciamos, supongo que debo decir, aunque me duela admitirlo. Creo que el peso de su soledad, que es lo mismo que decir la ausencia de lectores, lo desgarraba. Se sentía abandonado, porque lo estaba. Estaba deprimido..., no, furioso. Paseaba por las Zattere, tomaba el *vaporetto* a San Michele y deambulaba entre las tumbas, me decían amigos que lo veían allí. Y escribía. Escribía durante horas. Pero yo nunca sabía lo que estaba escribiendo.

Ida sostuvo un momento la mirada de Paul.

—Supongo que era eso, esos cuadernos. —Se removió en su asiento—. ¿Y dice que son diarios?

—Mire. Son como esto.

Paul abrió su maletín y sacó unas cuantas páginas de su transcripción, junto con una fotocopia de la página original cifrada:

12 de JULIO de 1985
   8.29 caffè, cornetto
   10.40 mercato
   1.30 colazione a casa
   15.30 Giannotti
   20.30 Olga

13 de JULIO de 1985
  8.18 caffè latte, cornetto
  9.30 RAI 4
  1.15 colazione
  16.30 Moro
  20.15 Celine

Y más abajo:

brisa hierba toalla desagüe desaparecer viejo frío

Ida las examinó durante varios minutos. Después, de golpe, dejó caer la cabeza y se mordió el labio, aparentemente al borde de las lágrimas.

–Lo sé. Es muy triste. Estoy...

–¡No! Usted no lo entiende –dijo Ida, indignada–. Me estaba *espiando*. Estas citas no son las de Arnold. Nunca iba a ninguna parte. Son las *mías*. –Se puso derecha y miró fijamente a Paul–. Las mías.

–Entiendo.

¿Qué otra cosa podía decir?

Ida se rió, ahora amargamente.

–No lo creo. Hacia el final de su vida, Arnold tenía celos patológicos de mí. Sobre todo, creo, porque yo seguía trabajando, aunque gran parte de mi tiempo lo dedicaba a cuidarle. Puede que esto influyera. Empecé a resultarle intolerable. Creo que no soportaba verme.

Era una Ida completamente distinta, muy alejada de las fantasías de Paul.

–Sí, al final Leonello y yo empezamos a vernos. Pero eso fue mucho después de que Arnold y yo hubiéramos dejado de comunicarnos, de compartir nuestra vida. Le había perdido. ¿Y qué se supone que debía hacer yo, le

150

pregunto? ¿Quedarme encerrada en un apartamento horrible con alguien que me despreciaba?

»Pero yo no sabía que él se había enterado. Eso es lo que duele. Quería protegerle, aunque la gente ve más cosas de lo que creemos, incluso cuando parece que no ve nada.

Ida lloraba. La habitación parecía encogerse a medida que se ponía el sol, hasta que sólo quedó el charco de luz proyectado por la lámpara que había a su lado. Al final tuvo un ataque de tos incontrolable. Le corrieron lágrimas por las mejillas. Jadeaba en busca de aire.

Paul hizo ademán de levantarse para avisar a Adriana, pero Ida le indicó con un gesto que no se moviera.

Por fin Ida se calmó. Desesperado, tímido, Paul preguntó:

—¿Y esas listas de palabras? ¿Qué cree usted que son?

Ella cogió de nuevo las páginas y se las acercó a la cara para examinarlas atentamente y después las hojeó, deteniéndose a intervalos para estudiar unas líneas con mayor detenimiento antes de arrojar las hojas encima de la mesa.

—¿Quién sabe? —respondió, con un dejo de rencor—. Verá, esto es de hace mucho tiempo. Quizá sean ideas para poemas, cosas que él quería consultar o recordar o que no podía olvidar. Lo que quedaba de su insaciable necesidad de escribir. Como el pobre Bill de Kooning, que seguía pintando aquellos disparatados lienzos muertos, como si lo que importase fuera el gesto en sí, el acto mecánico. Quizá también Arnold fue poeta hasta el final, aunque ya no pudiera escribir poesía.

Ida enmudeció durante un largo rato; daba sorbitos de té, parecía que miraba a la pared. Ya sólo quedaban ascuas en la pequeña chimenea cercana a la puerta.

De repente revivió y se volvió hacia Paul, haciendo una mueca como una actriz de teatro.

—¿Cómo está Sterling? Llevo años sin verle. ¿Qué tal su vida con Bree?

—Parecen muy felices juntos —respondió Paul, como si lo supiera.

—Bree ha estado en la vida de Sterling desde que él era joven. Trabajó para él durante años en Impetus. Es increíblemente astuta, y bella, y no hay duda de que Sterling es el amor de su vida. Pero después de Jeannette, la tía Lobelia le presentó a Maxine y eso cambió las cosas. Maxine. Una de las criaturas más perfectas del mundo.

»Aquella aureola de rizos morenos, aquella sonrisa renuente. Ella y Sterling nunca se cayeron bien. Para él ella no era lo bastante... sirena, supongo. Daba demasiado, era demasiado generosa. Siempre presente, siempre fiel y disponible. No era una buena estrategia con un hombre así, se lo aseguro.

—Nunca he oído decir nada malo de ella —concedió Paul.

—Porque era una hija de Dios. Una buena persona. Hermosa de una manera que Sterling era absolutamente incapaz de apreciar. Me temo que mi querido primo se aprovechó terriblemente de ella; sin proponérselo, claro. Y luego ella murió. ¡Querida, querida Maxine! La añoro muchísimo. Envejecer no es para pusilánimes, Paul. No sólo por las indignidades físicas, aunque sean horribles. Es porque los que realmente te comprenden te *abandonan*. ¡Ingratos! —Ida se rió, incrédula—. ¡Después de todo el tiempo, la necesidad, la adoración que has derrochado con ellos! *Eso* es lo insoportable.

Miraba de nuevo a los ojos de Paul y la barbilla le temblaba un poco, como si buscase en Paul algo que éste sabía muy bien que no poseía. A pesar de ser frágil, la actitud de Ida era de una fortaleza impresionante. Él le sostuvo la mirada tan abiertamente como pudo, a sabiendas de que estaba mirando, quizá por una sola vez en su vida, un rostro que pertenecía al pasado.

—Bueno, vaya lata que le he dado, ¿no? —Se rió otra vez, pero ya sin alegría—. Supongo que porque ya no tengo a nadie con quien hablar de esto, nadie que pudiera comprenderlo. Te vuelves locuaz, solitaria.

—Ha sido inolvidable —se limitó a responder Paul.

—Tonterías.

Miró a través del salón, más allá de la galería, hacia un grupo de luces parpadeantes que avanzaban despacio sobre el canal. Justo cuando Paul se disponía a levantarse, le puso una mano en el brazo.

—Una cosa más —dijo, con total seriedad—. Es algo que he decidido que quiero que vea. Creo que puede ayudarme. —Hizo una pausa—. Es un problema muy grande para mí, pero ha mostrado tan buen criterio que estoy convencida de que sabrá qué hacer. Nadie lo ha visto. Exigirá toda su inteligencia, pero estoy segura de que estará a la altura. No me haga preguntas; simplemente acepte la confianza que deposito en usted.

¿Buen criterio? Apenas había dicho nada en toda la tarde. Pero respondió:

—Por supuesto. Espero que sepa cuánto significan para mí usted y su obra; para mí y para todos nosotros.

—No se preocupe. —Le dio una palmada en la mano—. Se lo entregarán mañana en su hotel.

—¿El qué? —preguntó él.

—*Pazienza* —contestó ella—. No más preguntas por hoy.

Había anochecido por completo. Como si la hubieran llamado, la mujer de gris, Adriana, apareció en el umbral. Paul se levantó.

—No sé cómo agradecerle esta tarde, señora Perkins..., Ida.

153

–*Muchas* gracias por haber venido, Paul Dukach –respondió ella, conduciéndole al vestíbulo–. Y recuerde lo que le he dicho.

¿Recordar? Llevaba grabada en la mente cada palabra que ella había pronunciado, aunque ignoraba su significado concreto.

Lo acompañó al ascensor, le tomó las dos manos y lo besó ligeramente en la frente; ¿era coqueteo, estaba actuando o le ofrecía una especie de bendición? Después volvió a sonreír, de un modo indescifrable, y se dio media vuelta mientras se cerraba la estrecha puerta.

X. MNEMÓSINE

Entregaron el paquete en el hotel de Paul a las once de la mañana siguiente. Contenía una resma de ochenta y ocho páginas numeradas de un tosco papel cebolla ondulado, al estilo europeo, sujetas por una grapa metálica azul, y en ellas había un conjunto de poemas mecanografiados. Las teclas de la vieja máquina de escribir estaban tan sucias que las eses, las aes y las oes eran totalmente negras, pero no había correcciones ni tachaduras. A su manera, las páginas estaban impolutas.

Grapado a la cubierta había un memorándum mecanografiado con esmero en papel grueso de escritorio y con el emblema grabado de Moro di Schiuma:

Dorsoduro 434
Venecia
Tel. (041) 5253975
*   12 de octubre de 2010*
*   A quien corresponda:*
*   Hago entrega del manuscrito de mi último libro,* Mnemósine, *al señor Paul Dukach, de la ciudad de Nueva York, a quien por la presente hago titular de sus dere-*

chos de autor. Esta carta le obliga a encargarse de su publicación como crea conveniente después de mi muerte.

Asimismo le doy instrucciones de que todos los ingresos por la venta de Mnemósine *se dividan a partes iguales, como el resto de mi patrimonio literario y personal, entre la Asociación de Asistencia a la Infancia y la biblioteca de la Universidad de Bryn Mawr.*

La firma era temblorosa pero fácilmente reconocible: *Ida Perkins.*

La carta llevaba el sello de una notaría de Venecia.

Paul se sentó ante el pequeño e incómodo escritorio de su habitación con la única carta de Ida Perkins que había visto en su vida. El chasquido del radiador y el intermitente quejido de la sirena de niebla de la Giudecca eran los únicos sonidos.

Empezó a leer.

Mnemósine

Ida Perkins

Venecia, 2010

M in memoriam

Ille mi par esse deo videtur

Paul reconoció el epígrafe latino, que era el primer verso del texto en que Catulo imita el más celebrado poema lírico de Safo, en el que él (ella, en el original griego) compara con un dios al hombre sentado junto a su amado (amada).

El manuscrito estaba dividido en dos secciones. Pasó la página y leyó el primer poema de la primera parte.

MNEMÓSINE RECUERDA

Mnemósine recuerda. Es su trabajo.
El calor de la estación,
el resplandor, el trance,
el apático
globo; después atardece:
frescor, una rebeca
sobre una espalda recta,
penetrante mirada miope
a través del prado
donde la oveja del gran hombre
pace como en un sueño submarino.

No hay estrellas: el traspié
achispado cuesta abajo
en la negrura absoluta
el antiquísimo baile de la vejez después
la mano asida y ni una puntada suelta
pero una palabra dicha.
Mnemósine estaba allí;
lo único que hace
es esto: recordar.
Es lo que hace.
Es lo que es.
Es todo.

Paul siguió leyendo. Los poemas, en cuyo estilo se reconocía a Ida, eran de una simplicidad punzante. Era la Ida de mayor pureza lírica, pensó, más intensa y más clara que nunca, y más triste, más elegíaca. Los poemas los había reducido de tal modo a sus afirmaciones esenciales que se remontaban a su obra temprana de inspiración clásica, aunque era patente que su acento –sapiente, compungido, irónico, resignado– no emanaba de una persona joven. Y Paul captó enseguida que incluían una narración.

La titánide Mnemósine, diosa de la memoria y madre de las musas, enunciaba los poemas, rememoraba. Y pronto se ponía de manifiesto que lo que rememoraba era una historia de amor. Pero esta vez, en lugar de ser el objeto largo tiempo anhelado, el perseguido, el que accede o rechaza, como era el caso inevitable con Ida, la máscara que la encarnaba aquí, Mnemósine, era la iniciadora, la perseguidora, la suplicante, la que se afanaba a menudo, al parecer sin esperanza, en que la reconociera y la aceptase, desesperada por que la admitiera, otro ser esquivo, reacio, decepcionante, fugitivo.

AGUARDÉ

a la luz del sol
junto al agua
aguardé en la brisa
a oír el susurro
en la dividida

hierba a ver la toalla
caer en la silla
hundirse el cuerpo
a mi lado y desplegar
la voz de plata
que me recuerda que estuve allí

puede ser que dormitara
pero no creo
tan aturdida estaba
por la espera
me perdí sin ti
en el tiempo
tiempo imposible
de recobrar para mí
tiempo ya rancio que gira
en sentido inverso a los relojes
tiempo malgastado
tiempo que cristaliza en dolor
tiempo que no es

vida ni aire
tiempo infecto que no
se mueve pero se esfuma

aguardé
al sol toda la tarde
aguardé
en el muelle
hasta que hizo frío

Y al levantar la cabeza
era yo una anciana

Aquí no había nada de los consabidos homólogos eróticos de Ida, no había «asesinos fornidos» ni inoportunos, magníficos mozos pretendientes que suplicaban que los marginasen o que les mostraran quién tenía los triunfos de la baraja. En estos nuevos poemas, es Mnemósine la que languidece, la que se afana en que la vean y le respondan, y a menudo fracasa. Hay veces en que parece estar luchando por su vida:

Nunca comprendí
esas insufribles
paparruchas sobre
la desesperanza
hasta ahora
pero oh ahora
sí ahora sé
lo cruel que es
tu fría y simple
amabilidad

Después, conmocionado, Paul vio otra cosa.

FUROR

tu mapache local
no sabía qué hacer
ante nuestro coqueteo
que turbaba la paz
perturbaba su hábitat
nuevo en el alba

exhibiendo la cola
junto a la presa
intentaba asustarnos
pero nada
podía asustarnos

ninguna giardia
trueno ni desventurado
invasor podía
pisotear nuestro idilio

estábamos vivas
aquella mañana de junio
las dos solas
el mapache
el coyote y el puma
ruiseñores libélulas
las abejas no
sabían qué hacer

¿no éramos las náyades
entonces, mi amor?
¿no hacíamos furor?

La persona amada por Mnemósine, la que compartía
en secreto esos momentos de dicha, y también la causa de
su incertidumbre y su dolor, era una mujer.

A continuación cayó en la cuenta de que reconocía el
escenario de esa relación exaltadora y atormentada:

vadea
la carretera vieja
entre
lisimaquias
y varas de oro
donde la nevera
primigenia
zumba
toda la noche

en los bosques
primigenios con el
búho por testigo
mientras la
mano inexorable
mantiene
su cronómetro
en marcha
matándonos el tiempo
y su linterna invade
nuestra oscuridad

167

Las ovejas en el prado, el camino forestal, la cabaña en desuso junto al estanque azotado por el viento: Paul veía cada detalle mentalmente. Había paseado hasta el lugar, había disfrutado de la brisa en la orilla del agua, se había tumbado en el muelle y había observado las nubes que pasaban por el cielo. Una y otra vez había sobrepasado la cabaña abandonada en la curva donde el camino forestal se empinaba al llegar el estanque. Al leer los poemas volvía a la granja de Sterling en Hiram's Corners.

El idilio secreto de Mnemósine había transcurrido allí.

Paul también creyó reconocer en las poesías algunas palabras de las listas escritas en los cuadernos rojos de A. O. Más tarde tendría que compararlas con los manuscritos.

Un tercer personaje aparecía en aquel amor torturado: «El Gran Hombre», una especie de deidad solar, evocada en ocasiones con algo más que un barniz de rencor.

DÉJALE

que se ataree
el displicente olímpico
déjale ser dios
mientras vacilamos
y flaqueamos

quédate conmigo aquí
en el lago
del crepúsculo
su sol no puede descubrir
nuestra penumbra

O este poema:

EL SOL

inspecciona
lo que es suyo
con purpúreo orgullo

sus rayos penetrantes
deciden
lo que da
y lo que vive

pero yo sé cómo
esconderme
en la sombra

y mientras él duerme
cerraremos sus ojos
y hallaremos
la paz en este
verde claro

Paul reconoció al Gran Hombre de Mnemósine. Tenía algo del altruismo y del etéreo ensimismamiento de Sterling. Pero ¿quién era el veleidoso, reticente objeto de aquella adoración sin trabas que había que compartir con aquel hombre distante y poderoso?

Ida/Mnemósine había escrito esto sobre ella:

LA CABELLERA DE BERENICE

pende en el cielo
sólo para ti
la he engalanado
la he visto relucir
sobre agua
la he visto reflejar
y corregir
y borrar
nuestro error
por completo

ahora la veo
caer
milagrosa
sobre nuestra almohada
hebra que brilla
se traba
se destraba
de tu camisón
plata de luna

todo este cabello mío

Había poemas sobre una cita en una choza de pesca-dores de los Cayos de Florida y en el Hotel Connaught de Londres, poemas sobre dédalos ocultos y ojos de cerradu-ra, y sobre las cosas que los hombres nunca entenderán de las mujeres. Había diatribas denunciando el apocamiento despersonalizado de la amada; su timidez enloquecedora, irresistible; la cólera que producía su sacrificio:

Adelante ordena sus libros
teclea para él esquí
y hasta tenis y golf
si quieres

atibórrale
de zumo de naranja
beicon y huevos fritos
si debes

cocina pero no
limpies querida
recuerda que es
polvo sobre polvo

La primera parte del libro finalizaba bruscamente, sin ninguna clase de resumen o conclusión, casi como si hubiera quedado inacabada. En la segunda sección se producía un cambio drástico:

PEQUEÑO RÉQUIEM

llenan los bancos
de la iglesia
tus hijos
tu marido
portadores del féretro
amigos
y parientes
ejemplares
ciudadanos

y yo sentada con
ellos en silencio y
nadie sabe por qué
nadie sabe por qué
cuando arrojo mi único
clavel escarlata
a tu tumba

174

La amada de Mnemósine ha desaparecido de repente, sin previo aviso, y ahora sólo puede evocarla la memoria.

En esta segunda parte del libro, los poemas se vuelven testimonios intencionadamente repetitivos, desesperados y en ocasiones furiosos, de un deseo que no ha sido satisfecho:

cómo seguir
con esta carga
tan pesada todo
este desespero
siendo amable
siendo razonable
práctica
organizada justa
cuando lo único
que quiero es cerrar
la puerta abrir
tu guardapelo y
tocar tu pelo

En la segunda parte también había versos antifonales
en cursiva, una voz de respuesta que Paul dedujo que era
la de la amante de Mnemósine, filtrada por el recuerdo:

así no
no no puedo
nunca podemos
disponer de tiempo
para recostarnos
y desatarnos
cómo podemos
estar calladas y
respirar
cómo
podemos
no yacer
siempre aquí juntas

Los poemas más tardíos de *Mnemósine* eran crudos, ásperos, a veces crueles en su fría evaluación de la congoja. Era algo totalmente inédito en Ida: la poeta se forzaba a aceptar la pérdida, la falibilidad, la mortalidad, rebajadas de un modo que Paul no habría predicho a juzgar por su obra anterior:

Sigue tu
camino hacia
la nada
déjame
abandóname
enviudada

sigue tu camino
déjame
indefensa
tan sólo sigue
tu
camino

El poemario concluía así:

MNEMÓSINE SOLA

Mnemósine se sienta y recuerda
e incita a la orilla entre la bruma
lo que ve
lo ve desde hace horas
días
meses y años
siente los rayos del último sol
caer sobre el muelle
ve al ciervo cauteloso
acercarse al agua
cauto cuando oscurece
huele el ozono
después del amor el miedo
ve los ojos sagrados
que queman la oscuridad
y en verano enrojecen
oye la lluvia que
fustiga el laurel
vuelve a marcharse

Paul dejó el manuscrito. Permaneció sentado un largo rato, mirando por la ventana, sin centrar la vista en nada. Pero lo veía todo. Sabía lo inaprensible que había sido la musa Mnemósine. *Alguien que Sterling era absolutamente incapaz de apreciar.*

Maxine Wainwright había muerto mucho tiempo atrás; y con Bree delante, Sterling rara vez había hecho algo más que mencionarla ocasionalmente. Pero Morgan la había conocido. Paul vagó sin rumbo por la Giudecca hasta que fue lo bastante tarde para llamarla. La encontró en Pages, cuando estaba abriendo.

—Morgan, estoy en Venecia; acabo de hacer un descubrimiento que me ha conmocionado. Te contaré toda la historia en cuanto vuelva. Lo que necesito ahora es que me digas todo lo que sabes sobre Maxine.

—¿Maxine Wainwright? ¿Por qué? ¿Sterling le fue infiel?

—Sin duda. Pero se trata de ella, no de él. ¿Cómo era?

—Pues... por parte de madre era de una antigua familia de Main Line. Al parecer, su madre causó un pequeño revuelo al casarse con Maximilian Schwalbe, un emigrado austriaco sin blanca; pero él lo compensó fundando Mac Labs, que llegó a convertirse en una de las farmacéuticas más grandes del mundo. Maxine estudió en Bryn Mawr, como su madre, aunque creo que era unos diez años más joven que tu Ida Perkins. Me sorprende bastante que no sepas todo esto, Paul. Estoy segura de que lo hablamos hace mucho tiempo.

Por una vez Paul no mordió el anzuelo de Morgan. Ella prosiguió:

—Era morena, menuda, muy tímida, pero enormemente cariñosa. Totalmente desprovista de ínfulas. Tenía

179

una facilidad asombrosa para establecer vínculos inmediatos con la gente; desde luego estableció uno conmigo cuando nos conocimos en la convención de libreros de Chicago, cuando yo apenas había abierto Pages. Dios sabe qué hacía ella allí, aunque era una animadora incansable de todas las iniciativas de Sterling. Nos pusimos a hablar en la caseta de Impetus y cuando me marché ya pensaba que había hecho una amiga. Atlética, además, una golfista formidable. Sé que a ella y a Sterling les gustaba esquiar juntos a campo traviesa en Hiram's Corners. Y Maxine era la ciudadana modélica. De la junta directiva escolar, la liga de votantes femeninas, de cualquier cosa. Una demócrata afiliada al partido. Tuvieron un hijo, Sterling III, que ahora trabaja en la Mac Labs del Oeste, creo. Recuerdo que ella me dijo que no había querido vivir en la casa de la tía Lobelia después de su muerte porque no quería que su hijo se criara en la casa más grande de la ciudad. Luego falleció ella misma, hace más de veinte años, de cáncer de páncreas.

»Pero ¿a qué viene esto? ¿Por qué necesitas que te lo recuerde?

–Creo que Maxine e Ida eran amantes.

Se hizo un silencio. Finalmente, Morgan dijo:

–Me parece *muy* difícil de creer, Paul. ¿Estás *seguro?*

–Tan seguro como se puede estar de estas cosas. Te lo explicaré cuando vuelva. También he sabido algo más; algo trágico sobre Ida.

–Bueno, vuelve pronto a casa, chico. Tienes un montón de cosas que explicarme.

Paul colgó. *Mnemósine* era una obra de genio, una de las obras más notables que él, como editor, había tenido en sus manos. Le exaltaba una sensación de privilegio por poseer el manuscrito, prístino e intacto, por ser la primera

180

persona en el mundo que lo había leído. Nunca había sentido tan agudamente la alegría inherente a su trabajo.

Pero a la vez era una bomba atómica de papel cebolla que destruiría la vida del pobre Sterling Wainwright. ¿Por qué Ida le había confiado aquella responsabilidad insoportable? Le había dado instrucciones de que se ocupara de su publicación a su muerte, pero no le había dicho nada sobre el modo de hacerlo. Y ni una sola palabra sobre Sterling, su editor de toda la vida, o casi. ¿Esperaba Ida que Paul le entregara *Mnemósine* a Sterling en cuanto ella hubiera muerto?

No, Ida comprendía claramente que *Mnemósine* era algo que Sterling nunca podría aceptar y algo de lo que jamás se ocuparía. ¿Era el libro, la realidad que representaba, un dilema que ella, simplemente, no podía afrontar y, en consecuencia, le encomendaba a él resolverlo?

¿Cuándo había escrito esos poemas? En la portada figuraba 2010, pero ¿eran totalmente inéditos o habían sido compuestos después de su historia amorosa con Maxine, como una especie de diario intermitente? ¿O le habían ido brotando a borbotones después de la muerte de Maxine, pero no había sido capaz de tomar una decisión sobre ellos hasta ahora, ahora que pensaba ya en su propia muerte? ¿Tenía miedo de que si *Mnemósine* se quedaba entre sus papeles no conseguiría ver la luz del día, o incluso que la obra acabaría destruida? Paul sabía que cosas más extrañas habían sucedido.

¿Cómo podía intuir sus intenciones? ¿Hasta qué punto conocía realmente a Ida? Era evidente que no la conocía en absoluto, a pesar de que había dedicado un tiempo interminable a excavar e investigar sobre Ida. Había pasado una tarde entera con ella. Sí, había leído sus obras de cabo a rabo, o creía haberlo hecho, hasta hacía unas horas.

Pero ¿cómo entender lo que la había impulsado a tomar aquella brusca decisión? Necesitaba saber mucho más antes de hacer algo.

Telefoneó a la oficina.

–Homer, no te vas a creer lo que ha pasado.

–No me digas que te has acostado con ella –dijo él, con una risotada–. Era deliciosa cuando la caté, pero de eso hace siglos.

–Homer, estuvo maravillosa. Hablamos durante horas. Y me habló de ti con mucho cariño. Pero escucha. Me ha dado algo.

–¿Algo de Outerbridge?

–Algo de ella. Su último libro. Es extraordinario. Espectacular. Es algo fuera de serie. Un punto de inflexión.

–¡El perro trufero de nuevo anda suelto! Me estoy relamiendo. Vuelve hoy, muchacho. Quiero ver lo que traes.

Homer colgó y Paul, sentado en el bar vacío al lado de su hotel, contempló la luz que dividía la superficie del canal aceitoso delante de la entrada del café.

Ordenó sus ideas, releyó la carta de Ida y telefoneó al palazzo Moro. Al cabo de muchos timbrazos, contestó una voz queda. Paul reconoció a Adriana, la mujer de gris.

Le pidió que le pusiera con Ida. Tras un largo silencio, Adriana volvió a coger el auricular y dijo:

–Me temo que la Contessa Moro no puede ponerse al teléfono. Me ha pedido que le dé las gracias por su visita y que siga las instrucciones de su carta.

–Pero necesito saber algo más. Necesito que me dé más instrucciones.

–Lo lamento mucho. Donna Ida no se encuentra bien. Si quiere quizá pueda llamar otra vez dentro de unos días. O escribir.

Paul colgó, derrotado. Hizo su equipaje, pagó la cuenta y tomó un taxi acuático al aeropuerto. Mientras el taxi volaba sobre la laguna, se volvió para ver los campaniles que se erguían sobre la curva de la isla grande de Venecia y, aquel día inusualmente despejado, las Dolomitas que se alzaban a lo lejos, como un muro de marfil. Al abandonarla, Venecia parecía la concha de un caracol. Al cabo de una o dos semanas, Paul siempre sentía la necesidad de huir. Pero en Venecia sucedían cosas milagrosas; se vivían vidas y se creaba arte en aquel laberinto aparentemente moribundo de calles y canales infestados. No estaba muerta en absoluto. Venecia era una colmena platónica hirviente de actividad oculta. No se trataba de su pasado fabuloso, recubierto de oro, sino de la forma en que el pasado roía el presente, lo digería, lo fermentaba y lo reformaba, y lo moldeaba para proyectarlo hacia el futuro.

¿Y qué diría Sterling? Paul pensó en ello mientras aguardaba su vuelo en un asiento de la puerta de embarque. ¿Cómo leería *Mnemósine?* ¿Cómo *podría* leerlo siquiera? Era el dios indiferente en el libro, altanero e ignorante, que había llegado a hallarse junto al inestimable objeto amoroso de Ida: un estorbo, una persona irrelevante, incluso el enemigo, que no veía, muy al contrario que Mnemósine, el tesoro que tenía a su lado. A Paul le parecía duro, quizá incluso cruel, que se viera retratado de aquel modo, en esa etapa de su vida, y por una mujer a la que había amado y alentado profesionalmente durante decenios. ¿Reconocería Ida que su elegía para Maxine era también un acto de venganza contra su querido editor, por no hablar de su viejo amigo?

No, la autoestima de Sterling nunca podría tolerar ese ataque con segundas contra su hombría, perpetrado por su autora más prestigiosa y a la vez su prima y antiguo amor. Paul comprendió por qué Ida necesitaba su ayuda para publicar *Mnemósine* en otra editorial, que sólo podía ser P & S. Era el único camino sensato. El publicista que había en Paul se rebelaba contra la idea de posponer el anuncio al mundo del hallazgo literario del nuevo siglo, a pesar de que comprendía que era sin duda lo que reclamaba el tacto. Sterling podía vivir otros diez o quince años, o hasta veinte; para entonces Paul sería también casi un viejo. ¿A quién le importarían Ida, Maxine y *Mnemósine* en 2030? Además, ¿quién era él para desobedecer las instrucciones de Ida?

Aquellas personas tan excepcionales, cuyos sentimientos eran tan valiosos que exigían ser inmortalizados: Ida, Outerbridge, Pepita, Thor, Dmitri, Eric: tan eternamente ombliguistas, tan convencidos de su importancia y su originalidad y su hondura. Igual que Sterling y Homer. ¡Escritores! ¡Editores! Eran intolerables. Esperaban de él que estuviese tan embebido en sus historias como ellos mismos. Y la horrible verdad era que lo había estado. Había alimentado su trabajo y sus vicisitudes; los había erigido en los protagonistas estelares de un drama que él había estado representando para sí mismo desde su adolescencia en Hattersville. Había vivido a través de ellos y ellos habían desfilado ante él flotando río abajo en sus preciosas burbujas.

A la postre, sin embargo, fue Maxine, la ciudadana sólida y tolerante, la valiente, bondadosa, desprendida, la «normal», a la que ni en sueños se le hubiera ocurrido escribir nada, la que había sido la musa del último y, Paul estaba convencido, más espléndido libro de su musa: la que había compartido el secreto de Ida, alguien que vivía en y pertenecía al mundo real y carecía de las pretensiones o el egoísmo que en aquel momento hacían tan insufribles para Paul a aquel hatajo de narcisistas.

¿Y qué habría sentido Maxine por Ida? ¿Qué emociones la habrían embargado cuando accedió a amar y ser amada por aquella mujer deslumbrante y veleidosa y consintió en traicionar a su marido, sin duda por vez primera, ella que tan a menudo había sido traicionada por él? ¿Se habría estado desquitando de Sterling? Paul no lo creía. Imaginaba –puesto que todo era una fantasía, bien podía extremarla– que Maxine, que siempre había sido tan tolerante y contenida, tan comedida y abnegada, había sido avasallada por un sentimiento inesperado, una pasión desconocida, una intimidad que nunca había tenido con Sterling. Paul quería creer que ella no siempre había sido la víctima que se sacrificaba. Por una vez había encontrado la felicidad por su cuenta, y en el lugar más improbable, ante las mismas narices despistadas del marido.

Cuando recogió sus pertenencias y embarcó en el avión, a Paul le asaltó un raudal de empatía por Maxine y su relación con Ida. Los momentos que habían llegado a vivir juntas, según narraba Ida, poseían una pureza y eran tan completos que él sólo podía aprobarlos y envidiarlos.

Y además, ¿quién era él para juzgar? Ahora veía que lo que había querido, y que Ida había percibido al instante, era conocer a sus héroes como seres humanos, adentrarse en el modo en que habían vivido, no en las páginas de los libros, ni siquiera en los de ellos, sino como hombres y mujeres. Tenía algo inestimable en su maletín: no sólo el último y más explosivo libro de Ida Perkins, sino un testimonio de amor contemporáneo. Su lealtad, en última instancia, tenía que ofrendarla a lo que representaba *Mnemósine*. Costara lo que costase tenía que publicar perfectamente aquel libro perfecto. Al menos era consciente de eso.

XI. UNA EDITORIAL GRANUJA

Homer estaba fuera de sí. A la mañana siguiente, él y Sally escucharon boquiabiertos a Paul cuando entró tambaleándose en la oficina y les refirió su hallazgo.

–¿Me estás diciendo que Ida se estaba cepillando a la mujer de Sterling? No sabía que la chica tuviera esas tendencias.

Paul, como de costumbre, hizo lo posible por ignorar las provocaciones de Homer.

–Lo cierto es que los poemas son electrizantes. Es un libro profundamente conmovedor.

–¡«Conmovedor» mis cojones! Esto va a poner el mundo literario patas arriba. ¡Tráeme a Cabeza de Chorlito!

–Espera, Homer. Ida sigue estando entre nosotros –le previno Sally–. Tenemos que pensar en ella.

–Y tenemos que pensar en Sterling –añadió Paul–. Está claro que no puede publicar el libro, pero Ida no dijo nada al respecto. Tengo que hablar con ella, aclarar sus intenciones y...

–No es momento de parlotear, Dukach. Purcell & Stern va a publicar *Animosity,* o como se llame. No se hable más. ¿Quién necesita un cuarto As? Esto es un... una escalera de color.

186

Homer podía ser una apisonadora cuando se excitaba. Y si podía destrozar una reputación lo hacía. Paul no le recordó que le correspondía a él la decisión sobre el destino del libro. Confiaba en no tener que hacerlo. Era ya demasiado tarde en Venecia; telefonearía a Ida al día siguiente.

Llamó a Roz para agradecerle profusamente que le hubiera presentado a Ida y facilitarle una versión por escrito de la conversación que habían mantenido. Llamó también a Sterling. Le transmitió los saludos de Ida y le informó del verdadero contenido de los cuadernos de Outerbridge. Sterling no pareció en absoluto sorprendido; ni interesado, pensó Paul. Propuso que se vieran para tomar una copa, pero no percibió —quizá porque no quiso— ninguna urgencia al otro extremo de la línea, y ambos se despidieron sin concretar una fecha.

En ninguna de las dos llamadas se mencionó *Mnemósine.*

Pasó un día, y después otro que dedicó absorto a ponerse al día, escribir textos de solapa, rechazar manuscritos, devolver llamadas y responder e-mails. Earl Burns había entregado la gran novela que llevaban esperando varios años: Paul pasó el fin de semana leyéndola y resultó un tanto decepcionante, pero vio que se podían hacer algunas cosas para hacerla más accesible al lector. Earl distaba mucho de ser el autor más receptivo con el que Paul había trabajado, pero era congénitamente pragmático y Paul confiaba en que llegara a aceptar la lógica de la sugerencia principal que le había hecho, que era que la esposa no muriese al final del relato. Todo debería ir exactamente igual que antes, excepto que tenía que ser radicalmente nuevo. La novela es espléndida, le diría; ahora vuélvala a escribir.

Paul se dejó reabsorber por el trabajo y pasaron tres semanas sin que se diera cuenta. La tarde de un martes –de pronto recordó que era el cumpleaños de Ida–, a eso de las cuatro, justo en el momento en que su energía flaqueaba, respondió a una llamada que le había pasado la recepcionista.

–¿Signor Dukach?

–Sí.

La conexión era mala y no se oía bien.

La interlocutora estaba llorando.

–*Sono Adriana Pertuzzi, la cameriera della Contessa Moro. Mi dispiace informarla che Donna Ida è scomparsa oggi pomeriggio alle ore quindici-trenta. Mi dispiace, mi dispiace tanto.*

Scomparsa. Desaparecida. Ida, su heroína, había muerto. Paul expresó su pesar lo más sucintamente que pudo, agradeció la llamada a la signora Pertuzzi y colgó.

Ahora todo sería distinto. Además de su aflicción, sintió que se le recrudecía el remordimiento, como un ataque de ardor de estómago: había dado largas al asunto y no había averiguado con precisión cuál era la actitud de Ida respecto a Sterling y la gavilla de poemas de los que ahora era responsable. Sí, sabía que ella estaba enferma, pero no había advertido la gravedad de su estado. ¿Cómo podía haberlo sabido? ¿Era la conciencia que Ida tenía de su muerte inminente lo que la había impulsado a entregarle precipitadamente el manuscrito? ¿Algún presentimiento le había disuadido a él de seguir en contacto con ella? En cualquier caso, ¿habría accedido Ida a hablar de nuevo con él?

Fuera cual fuese la verdad, ahora no había remedio y se encontraba entre la espada y la pared.

La necrológica de Ida, que comenzaba encima del pliegue de la portada de *The Daily Blade* de la mañana siguiente, continuaba en dos páginas interiores completas, con fotos de ella acompañada de sus cuatro maridos y de tres presidentes de Estados Unidos. Había otra fotografía de Ida con Sterling y Maxine en Hiram's Corners, y una de grupo con A. O., Pound y Olga Rudge, Celine Mannheim y su primo Homer Stern en 1969, en el jardín del palazzo del Pisellino del Gran Canal.[1]

No era sorprendente que en el largo artículo no se mencionase a Thomas, el hijo de Ida y Stephen. Paul advirtió otros muchos errores y omisiones, aunque el tono general del texto era elogioso y hasta cariñoso y, a su juicio, daba a entender la magnitud de la pérdida que la defunción de Ida representaba para la cultura norteamericana.

Los actos conmemorativos se celebraron en Venecia y Londres y, poco después de Año Nuevo, en la Academia Estadounidense de las Artes y las Letras, el palacio de estilo Beaux Arts, con sus columnatas, de la calle Ciento cincuenta y cinco en el norte de Manhattan, que a Paul le parecía más propio de Washington, D. C., o quizá de San Petersburgo. Vio entrar en el auditorio neoclásico, con su bóveda de casetones, sus cortinas de terciopelo rojo y su órgano de estilo renacentista, que tenía fama de ser uno de los mejores de la ciudad, a todos los asistentes: los discípulos y los hijos de los escritores del Movimiento a los que él había leído y releído durante toda su vida. Estaba allí, es-

---

1. El nombre de este palazzo veneciano, Pisellino, es una invención jocosa del autor: *pisello*, en italiano, significa «guisante» y, en lenguaje coloquial, «pene». Pisellino, por tanto, significaría «pequeño pene». *(N. del T.)*

189

pectral y remota, Mary de Rachewiltz, la hija de Pound, con su hijo Walter, al que Paul había conocido en la Universidad de Nueva York, así como los hijos de William Carlos Williams, encorvados por la edad, y Holly, la nieta de Giovanni Di Lorenzo, con el pelo rizado, ahora una cantante de rock en ciernes; eran el clan completo de los herederos de los derechos de autor, valieran lo que valiesen, sin duda menos que sus geniales antecesores. También asistieron los contemporáneos más jóvenes de Ida: Snyder, Merwin, Strand, Tate, Glück, Wright, Williams, Bidart y Stotowski. El marido de Ida, el conde Leonello Moro, un cincuentón elegante, bajo, bien conservado, con el pelo engominado, ocupaba un asiento del fondo, inadvertido, en compañía de Svetlana Chandos, que había acudido con dos de sus hijos, así como de una nutrida representación del clan de los Wainwright y el de los Perkins, con tiesos trajes oscuros y el pelo con mechas, tan distintos en estilo y porte de su famosa pariente y de sus hermanos y hermanas en el arte. Paul consideró que casi toda aquella concurrencia ataviada con chaquetas de pana y botas de excursionismo, que pasaba por ser lo que quedaba de la aristocracia literaria norteamericana, carecía absolutamente de la gracia que había poseído la persona a la que se disponían a conmemorar.

Recordó un almuerzo que Homer había ofrecido años antes en la Hermandad Dramática, cuya sede en Madison Square constituía un templo a la grandeza teatral de antaño. El motivo había sido la publicación de una biografía del grupo de los Winton, de los que cabía decir que habían sido la familia artística e intelectual más distinguida de la historia norteamericana, que podía reivindicar el mérito de haber aportado en una sola generación al primer gran escultor del país, el naturalista más destacado y la

190

primera soprano lírica internacionalmente reconocida. Pero los descendientes de los Winton resultaron ser un hatajo variopinto de wasps dipsómanos, oriundos de quién sabe dónde, a los que Paul no podía imaginar familiarizados con los logros de sus famosos antepasados, y no digamos capaces de comprenderlos. Para que luego hablen de genética. El genio, al parecer, era como un rayo que cae y sigue su recorrido, sembrando el caos y la confusión a su paso. No solía dejar poso en las generaciones siguientes, como ocurre con la belleza extraordinaria o las habilidades físicas, por no mencionar la riqueza, que en ocasiones diseminan su gloria al azar. Por esta razón Paul no atribuía importancia a la ascendencia de Homer ni a la de Sterling ni a la suya propia. A la postre, ¿no daba igual quién hubiera sido tu abuelo? Para destacar, lo que contaba no era dónde habías nacido o quiénes eran tus padres, sino lo que hacías con tu lote de ventajas y desventajas. Había aprendido pronto en su trabajo que los auténticos escritores no habían estudiado en Yale u Oxford; procedían de todas partes —o de cualquier parte—, y la clave de su éxito era su determinación de excavar, de triunfar, por muchos obstáculos que se les pusieran por delante. Por cada Ida que había nacido para ello, había diez —no, veinte— Arnolds y Ezras y Pepitas, jóvenes de provincias decididos a dejar huella gracias a su talento, su afán y sus agallas. E Ida y Sterling no habían sido distintos. Les había impulsado la misma ansia de escapar de sus orígenes asfixiantes, aunque cómodos, de huir de aquel verano extático en Otter Creek, de dejar atrás el lugar de donde procedían y llegar a ser lo que ambicionaban.

No había nada más democrático que el talento. Y nada era más amenazador para una familia, rica o pobre, o, por consiguiente, más despreciado o temido.

191

Allí también, en el glacial auditorio de la Academia. mientras los oradores se sucedían resaltando, con bastante acierto, la perdurable influencia de Ida, Paul sintió que faltaba algo. Todo era muy sentido, todo verdadero en la medida de lo posible, pero el panegírico no captaba la esencia de la persona viva y activa con la que él había tenido el privilegio de pasar una tarde, y a la que otros asistentes habían conocido íntimamente. Ida no estaba allí, ni en cuerpo ni en alma, salvo cuando la citaban. Y entonces renacía milagrosamente.

Ahí radicaba el quid. Ahora Ida *era* su obra. Su vida terrenal carecía ya de importancia, excepto para aquellos a los que ella había conmovido o herido. Su trascendencia se había transformado en algo alojado en sus palabras. Habían surgido del sustrato de su vida, del mismo modo que ella provenía de los Delano y los Perkins y los Severance y los Wainwright, pero se habían apartado de su fuente y se habían vuelto autónomas. *«Tel qu'en lui-même enfin l'éternité le change»*, como había expresado Mallarmé: el futuro iba a refinar, a redefinir la naturaleza de Ida de una manera que la vida misma no podía hacer; la templaría hasta reducirla a su quintaesencia, con toda su grandeza, o incluso quizá no tan grandiosa, aunque Paul estaba absolutamente convencido del valor perdurable de su obra. El tiempo lo diría. El proceso ya había comenzado y escapaba del control de quien fuera –Ida o Sterling o Homer o Elliott Blossom o, en realidad, también Paul– determinar su destino o influir en él siquiera. Junto con todas las demás palabras que Ida había escrito, los poemas de *Mnemósine* tendrían una vida propia. La tarea de Paul consistía en quitarse de en medio, con todas las consecuencias. Las semanas que habían transcurrido desde la muerte de Ida se había debatido con la duda de lo que te-

192

nía que hacer con el libro. Ahora, por fin, creía ver cuál era el camino.

Cuando le llegó el turno a Sterling, pronunció su discurso sin leerlo. Se inclinó sobre el estrado y miró a la sala atestada y ventosa, mientras las gafas se le resbalaban conmovedoramente por la nariz afilada.

—Mi prima Ida era una de las luces de nuestra casa y una de las glorias de nuestra literatura. La llamaron así por mi abuela, al igual que a mi hija, pero compartimos muchas más cosas, gracias en parte a su lealtad al noble e injustamente calumniado Arnold Outerbridge. La frescura de los poemas de Ida, la profundidad y la fuerza de los sentimientos que expresan, su milagrosa y en ocasiones escandalosa franqueza maravillaron a sus lectores y a los otros escritores de su época. Lionel Trilling se refirió una vez a Robert Frost como «un poeta aterrador»: un enorme cumplido. Ida, en cambio, era una poeta que inspiraba reverencia y amor por su brillantez, pero más incluso por la humanidad de su conocimiento, no sólo de las propiedades fundamentales de nuestro lenguaje y nuestra compleja y contradictoria historia, sino, lo que es más importante, de nuestra imprevisible naturaleza humana: cualidades suyas como mujer ahora inscritas para siempre en su poesía inmortal.

»Todas las fuerzas que afectan a los seres humanos actuaban en Ida y sobre Ida. Creo que ése es el secreto de su asombrosa popularidad con todo el mundo, desde el hermano Elliott Blossom, que está aquí con nosotros en la primera fila, hasta el lector común de ahí fuera, en el ancho mundo. Ida era la escritora común de un modo que fue y es y siempre será totalmente suyo. Ida es Walt, Emily, Herman, Tom, Wallace, Hilda y Gertrude en una sola pieza. Nunca volveremos a ver a una persona como ella.

También habló Blossom, que se extendió tanto que resultó soporífero, y Pepita Erksine, para sorpresa de Paul, rememorando su encuentro con Ida en Esalen en los años sesenta. W. S. Merwin representó a los colegas poetas más jóvenes que Ida, y Abe Burack a los prosistas, y a los críticos Evan Halpern, ahora milagrosamente decidido a no escatimar elogios a la diosa de Paul; el último en intervenir fue Alan Glanville, la joven promesa académica de Stanford a la que Sterling acababa de encargarle que escribiese una biografía de Ida.

Homer, que nunca fue muy amante de las solemnidades, se marchó tan pronto como se lo permitió la cortesía, pero Paul se quedó hasta el amargo final (la perorata prosiguió durante dos horas y media espantosas).

En la recepción que se celebró después en la galería de arriba, tapizada de cuadros anodinos firmados por artistas miembros de la Academia, abordó por fin a Sterling.

–Vaya, hola, Paul. Mucho tiempo sin vernos. ¿Cómo está Homer?

–Muy bien. Estaba aquí, pero ha tenido que irse. Tus palabras han sido muy bonitas; perfectas, diría yo.

–Ya sabes que Ida y yo teníamos una relación muy estrecha. Un vínculo profundo –dijo, arrastrando las palabras. Paul sabía que había dicho mil veces eso mismo en otros tantos foros. Le estaba costando mucho trabajo descubrir lo que pensaba Sterling, aunque nunca había sido fácil. No en vano era un wasp–. Gracias por tu carta –añadió, refiriéndose a la nota de pésame que Paul le había escrito por la muerte de Ida.

–Siento que no hayamos estado en contacto. Ha habido un trabajo de locos en la oficina. Pero en realidad hay algo de mi viaje a Venecia de lo que tengo que hablar contigo. ¿Puedo llamarte mañana?

–Sí, por favor. –Sterling alzó socarronamente la ceja izquierda, un gesto característico de... ¿qué?–. Estaré en la granja.

Sterling fue interceptado por Angelica Blauner, la pintora, que había sido la segunda mujer del compadre de Sterling, el traductor y poeta Oswald Fessenden. Paul charló de nimiedades durante otra hora con Blossom y Glanville y la hija de Sterling, Ida Bernstein, «Ida B», como la llamaba en su fuero interno. Se presentó él mismo al conde Moro, pero el hombre, que no estaba en su elemento hablando inglés, se limitó a asentir vagamente, ignorante, a todas luces, de la relación de Paul con Ida o con su libro.

También se las arregló para situarse en el lado de la habitación opuesto al de Roz Horowitz. ¿Cómo iba a explicarle las cosas a Roz? Había sido la fiel agente de Ida durante décadas, una de las primeras que se atrevió a representar a una poeta. ¿Por qué Ida no la había puesto al tanto? *Mnemósine* estaba destinado a ser un éxito inmenso. Roz no se tomaría bien que la hubieran excluido de la fiesta, por no hablar de su diez... ¿o era el quince por ciento?

¿Debería haberle contado de inmediato lo que había sucedido en Venecia? Posiblemente. Pero le dijera lo que le dijese, y con independencia de cuándo lo hiciera, ella se pondría furiosa; él intuía claramente que la relación de ambos había terminado. Lo cual era una pena, porque siempre había congeniado con Roz y habían hecho un excelente trabajo juntos. Al fin y al cabo, había sido ella la que le había enviado a que se entrevistara con Ida.

La poeta le había metido en un lío endiablado. Esa noche iba a dar muchas vueltas en la cama, y no sólo por todo el vino barato que se había tomado en la recepción. Detestaba granjearse la antipatía de personas que le gustaban o a las que admiraba. Su único consuelo era el hecho de hallarse en posesión de *Mnemósine*, que ahora descansaba tranquilamente en su escritorio como una humeante pepita de kriptonita.

Y tenía que admitirlo: le consolaba. Muchísimo.

XII. UNA LLAMADA A HIRAM'S CORNERS

–Sterling, soy Paul Dukach.

Estaba en su despacho, encorvado sobre el teléfono, con una alentadora taza de café a su alcance.

–Buenos días, Paul –dijo Sterling, siempre un caballero. Luego, como de costumbre–: ¿Qué tal está Homer?

–Seguro que está bien, aunque hoy no le he visto todavía. ¿Qué tal por allí arriba?

–Soleado y cruelmente frío. Esta noche hemos tenido casi ocho centímetros de nieve, afortunadamente después de llegar a casa, y el viento sopla como un látigo en el prado. Pero cuéntame tu visita a la querida Ida. No hemos podido hablar como es debido desde tu viaje.

–Lo sé, y lo lamento. Tenemos que fijar una fecha. –Dio un sorbo–. Fue una de las tardes más extraordinarias de mi vida, Sterling. Hablamos de los cuadernos, como ya te dije, y de otras mil cosas. Aprendí muchísimo. Pero hay algo que debo decirte. –Paul depositó la taza–. Ida me dio algo. Me dio un manuscrito.

–¿Te dio *qué?*

–Un libro de poemas. Dijo que era el último. Y ahora, por desgracia, supongo que así será.

—Bueno, ¿por qué no me lo has enviado?

—Eso es lo que me resulta tan difícil. No sé muy bien cómo decírtelo, pero, verás...: me pidió que no lo hiciera. Me lo entregó y me dijo que quería que me ocupase de su publicación después de su muerte.

Ya está: lo había dicho.

—¡Es la cosa más estrafalaria que he oído en mi vida! No hablarás en serio. He publicado toda su obra, cada libro suyo, de ella y de Arnold y Denise y Robert..., de toda la maldita tropa. Dependen de mí. Siempre he estado aquí para atenderlos. No te creo. Es... ¡Oh! ¡Ya entiendo! Ahora lo entiendo. ¡Lo que quieres es timarme, tú y ese estafador de tu jefe!

—Nunca haría eso, Sterling. Creo que ya sabes el aprecio que te tengo. Pero fue algo que la señora Perkins me pidió expresamente. Debe de haber tenido sus razones, aunque no me dijo cuáles eran. Me escribió una carta...

—Apuesto a que sí. Apuesto a que se la dictaste y le hiciste firmarla. Tú y Homer Stern. Eres un traidor. ¡Un traidor! Después de todo lo que he hecho por ti... Tendrás noticias de mi abogado. ¡No quiero volver a ver tu miserable cara de mocoso mariquita! Yo...

Hubo un repiqueteo al otro lado de la línea, sonido de pasos, un grito. Después se cortó la comunicación.

XIII. SEÑOR PRESIDENTE

El acto conmemorativo en honor de Sterling Wainwright se celebró igualmente en la Academia Norteamericana de las Artes y las Letras unas semanas después del dedicado a su prima Ida, y los asistentes fueron más o menos los mismos. *Il Catullo americano,* para su gran orgullo y alegría, había sido elegido miembro de la insigne institución el año anterior, en reconocimiento de los servicios prestados a la literatura.

La hija de Sterling, Ida Bernstein, había pedido a Paul, como uno de los apóstoles más fieles de su padre, que figurase entre los oradores, junto con Elliott Blossom; Svetlana Chandos; Charysse Hodell, el último amor poético de Sterling; y otros varios. Todavía traumatizado por la muerte de Sterling, Paul no había sabido qué decir a Ida B sobre su participación en el fallecimiento de su héroe. Pronunció una alocución breve, reverente y, esperaba, ingeniosa. Después, Bree, Ida y Sterling III, la viva imagen de su padre cuando era un joven gallardo, y al que Paul veía por primera vez, le agradecieron calurosamente sus palabras.

Homer, por suerte, no asistió al acto.

Poco después empezaron a circular en la blogosfera,

difundidos por Seth Berle, el gurú publicitario de Homer, rumores sobre la existencia del misterioso libro postrero de Ida Perkins. El crescendo de conjeturas llegó a tal punto que Seth propuso que emitieran algún tipo de declaración explicando que ellos, y no Impetus, iban a publicar la última obra de Ida.

Paul, no obstante, era reacio a ofender a los Wainwright. Ida había sido *el* autor de Impetus por excelencia, después de A. O., y Paul no había encontrado aún la manera de explicar a Ida y a Charlie Bernstein, responsables de la editorial tras la muerte de Sterling, que P & S iba a publicar el último libro de Perkins. Afortunadamente, su testamento especificaba que su cuarto y último marido, Leonello Moro, no tenía derechos sobre el patrimonio literario ni personal de la difunta, al igual que ella tampoco sobre el de él. De hecho, aparte de su legado literario, su ropa, joyas y unas cuantas pinturas, resultó que Ida prácticamente no poseía bienes.

Aparte de eso, Paul estaba obviamente preocupado por el disgusto que a los Wainwright, y a Ida B en particular, les causaría sin duda el contenido del libro, que iba a ser, como mínimo, una sorpresa desagradable para ellos, y por el papel que él estaba desempeñando en su publicación. (Bree no le inquietaba tanto; pensaba que podría proporcionarle un placer secreto saber que Maxine no había sido una santa, y que Sterling se había llevado su merecido.)

Ida B no era hija de Maxine, y aunque siempre habían mantenido una relación cordial y, al final, mucho más estrecha, había habido entre ellas cierta distancia lógica. Pero Ida, que podía llegar a ser muy independiente, lúcida y hasta cáustica con respecto a Sterling, era, sin embargo, ferozmente fiel a la memoria de su padre. No había vuelta de hoja; *Mnemósine* iba a representar un problema enorme para ella.

Fue Morgan, por supuesto, la que dio con la solución.

–Dile a Ida B que Sterling te dijo que le puso ese nombre por Ida; es decir, Perkins, no Wainwright. Creo que es verdad, por cierto. Claro que él tenía la tapadera del nombre de su abuela para que todo saliese de perlas, pero no hay duda de que siempre estuvo fascinado por Ida P. Si Ida B puede comprender eso, si se le puede hacer que sienta una afinidad con su tocaya, creo que lo aceptará.

Paul decidió arriesgarse. ¿Qué podía perder, después de todo? No tenía nada más en su arsenal.

Para su alivio y sorpresa, todo funcionó como por ensalmo. Paul cenó una noche con Ida y Charlie Bernstein en un tugurio del Village y les refirió toda la historia de su visita a Ida P en Venecia, y al despedirse de ellos les entregó una copia del manuscrito de *Mnemósine*. Pasó unos días inquieto aguardando su respuesta, pero, tal como Morgan había previsto, el buen carácter mundano y el sentido común de la pareja le sacaron del apuro. A Ida B le conmovió el libro, y Paul vio que también le había halagado: la afiliación con el antiguo amor de su padre hizo que se sintiera más cercana a Sterling, que no había prestado a sus hijos una atención excesiva, ni siquiera a su hija inquebrantablemente fiel aunque ocasionalmente sagaz como un sabueso. Morgan tenía razón: en cuanto Ida B se hubo acostumbrado a la idea, aquel nuevo libro bomba le permitió identificarse con Ida P y, quién sabe, quizá también con Maxine, a la que Sterling había descuidado de un modo distinto.

Paul, entretanto, había releído su transcripción de los cuadernos de A. O. a la luz de *Mnemósine* y había confirmado la sospecha, nacida de su primera lectura del manuscrito, de que las palabras repartidas aquí y allá entre las entradas del diario habían sido extraídas, al menos muchas de ellas, de poemas del libro. Los diarios abarcaban desde

1983 hasta 1988. El modo en que las listas de palabras estaban intercaladas entre ellos sugería que los poemas de Ida de los que A. O. las había extraído pertenecían al mismo periodo, y probablemente habían sido escritos cuando Ida vivía su amor por Maxine. No había sido un idilio breve, sino una pasión continuada que sólo acabó a su muerte.

Lo cual significaba que Arnold había espiado a Ida de más formas y por más de un motivo. Tenía celos por algo más que el hecho de que Ida siguiera escribiendo; también por lo que ella estaba escribiendo: aquellos poemas apasionados, insistentes, desesperados y dirigidos a otra mujer. ¿Lo habría comprendido Ida cuando examinó las transcripciones de Paul aquella tarde trascendental? ¿Qué había dicho? *La gente ve más cosas de lo que creemos, incluso cuando parece que no ve nada.* ¿Se habría dado cuenta entonces de que Arnold había estado al corriente en todo momento de su amor por Maxine? ¿Había ella aceptado entonces lo que no había captado, o no había querido captar antes: su propia responsabilidad en la angustia de Arnold?

Paul llegó a la conclusión de que todo eso había sido más de lo que Ida podía afrontar. Y en consecuencia, quizá impulsivamente, había descargado la responsabilidad en él.

Decidió reservarse para sí mismo esas intuiciones. Todo saldría bien si Alan Glanville cumplía con su cometido.

Paul se sentía como un detective experto, y también como un psiquiatra, como le sucedía a menudo en su trabajo (a veces parecía que Earl Burns no pudiera atarse los zapatos sin pedirle consejo). Y, por una vez, creía haber resuelto los problemas de sus pacientes. Había culminado una serie de tareas hercúleas: cumplir su obligación con Ida y su obra; dar a Homer lo que siempre había deseado, la oportunidad de ser su editor, y conseguir que los Berns-

tein asumieran sin congoja el giro adverso de los aconteci-
mientos. Y lo había hecho con la ayuda de Morgan. ¡Para
que hablaran de una escalera de color! Si podía lograr eso,
se dijo, podía hacer cualquier cosa.

Llamó por teléfono a Jasper y le pidió que se vieran en
el Crab la noche siguiente. Mantuvieron otra de sus largas
conversaciones tortuosas, al término de la cual Paul se las
ingenió para despedirse definitivamente.

Unos meses después, una calurosa tarde de agosto, Paul
estaba en el embarcadero de Wainwright en Hiram's Corners con Ida y Charlie Bernstein, viendo discutir a los
O'Sullivan en la casa de al lado y rememorando a Sterling
(Bree estaba en Block Island, visitando a su hermana).
Paul había llevado una prueba de imprenta de *Mnemósine*,
con la sobria portada gris de Caroline Koblenz y las letras
blanco cadmio que tan llamativamente contrastaban con
su ardiente contenido. A ninguno de los presentes se le escapaba que muchos de los poemas del libro describían el
lugar donde estaban sentados.

−¿Damos un paseo hasta la cabaña a ver si encontramos algún indicio? −preguntó Charlie. Premio Nobel en
Física de partículas, delgado como un fideo, titular de una
cátedra en la Universidad de Rockefeller y con una escasa
barba entrecana, Charlie siempre había asombrado a Paul
por su sumisa indulgencia con la fauna excéntrica de la familia de su esposa. A Charlie parecían divertirle más que
nada en el mundo los enredos amorosos de la saga de sus
parientes políticos.

−Papá siempre te apreció mucho, Paul −dijo Ida, con
un tonillo apenas ligeramente sardónico−. Debe de ser
duro tener que hacer algo que él no habría aprobado.

–Muy duro. Me siento culpable de pecados que ni siquiera sabía que había cometido –respondió Paul, preguntándose, no por primera vez, qué sospecharía Ida de su última conversación con Sterling.

–Bueno, él se lo buscó, en cierto modo. Nunca fue fiel a Maxine, aunque dependía totalmente de ella. Pero me cuesta creer que ella le engañase. ¿Crees que Ida pudo haberlo inventado todo?

–Imposible –terció Charlie–. Los poemas son demasiado reales –agregó–. No hay fantasía en esos recuerdos.

A Paul le impresionó que Charlie hubiera leído tan atentamente el poemario.

Se levantó la brisa y aparecieron cabrillas en la superficie del agua.

–Alguien me contó que Ida solía decir que podía acostarse con quien le apeteciera –comentó Paul, removiéndose en su asiento–. No había entendido que lo aplicaba tanto a hombres como a mujeres.

–Bueno, por suerte no queda nadie a quien pueda herir –dijo Ida. Arqueó las cejas, a modo de comentario silencioso, cuando Charlie, que había estado hojeando el libro, exclamó:

–¡Escuchad esto!

AL OTRO LADO DEL LAGO

Cae algo
en el cobertizo
de los botes
alguien se zambulle
en el espejeo

Le veo
la veo
mientras el sol se pone
sobre el agua

luego la pierdo
le pierdo
incandescente
centelleo de verano.

Mientras Charlie leía, apareció una figura en el muelle de los Binns, en la orilla opuesta del pequeño lago. Sin que lo advirtieran, la tarde azul había derivado a un rosa veteado por franjas alternas de negro y oro. Después, en un momento perfecto en que la vida imitó al arte, quienquiera que fuese el que estaba en la balsa –era imposible decir si un hombre o una mujer–, se zambulló y desapareció en el agua de un color rojo plateado.

Mnemósine se publicó el 4 de noviembre de 2011, el día del octogésimo sexto cumpleaños de Ida y el primer aniversario de su muerte. Parece innecesario relatar aquí uno de los momentos más legendarios de la historia de la literatura moderna. Baste decir que el libro fue reseñado en la portada de cada periódico del país: no en las páginas de libros, ¡aquello era una verdadera noticia! *Mnemósine* ganó el National Book Award, concedido por primera vez póstumamente, y el Premio Pulitzer (la quinta y tercera vez, respectivamente, que Ida obtenía esos galardones). A finales de 2012, P & S había vendido más de 750.000 ejemplares, un récord para una obra poética. Justo antes de Navidad, el presidente Obama invitó a los Bernstein y a los Wainwright, a los Stern, a Paul y a diversos miembros de las instituciones artísticas a una lectura del libro en el Salón Este de la Casa Blanca, en la voz de la amante de la poesía predilecta del público norteamericano, Oprah Winfrey.

Una persona que declinó la invitación fue Roz Horowitz. Antes de que Seth anunciara que iban a publicar *Mnemósine*, Paul le había escrito a Roz una carta en la que le refería su visita a Ida y sus repercusiones, y le adjuntaba un ejemplar del manuscrito con el memorándum de Ida. Cuando posteriormente la llamó por teléfono, Roz se negó a ponerse. Tal como Paul sabía que ella haría, Roz le culpaba de la decisión de Ida y aprovechaba cualquier ocasión para vilipendiarle por ingrato y ladrón, a pesar de que él se había asegurado de que P & S le pagara su comisión por cada ejemplar, como si estuviera especificado en la carta de Ida. El pleito con que Roz le había amenazado no llegó a los tribunales, y ella se embolsaba regularmente los sustanciosos cheques; sin embargo, le dejaba con la palabra en la boca cada vez que se topaban, lo cual era incómodamente frecuente, aunque Paul dejó de almorzar en Bruno, donde habían comido aquel día fatídico.

Andando el tiempo, *Mnemósine* llegó a formar parte del programa de estudios de muchos institutos y aulas universitarias de literatura inglesa, y los norteamericanos aprendieron a pronunciar su título cautivador (suena especialmente delicioso cuando se pronuncia con acento sureño, como si fuera el nombre de un río ancho y ferroso que serpentea por la Baja Carolina).

El éxito del libro tuvo consecuencias para todos los implicados. Fue el cénit de la carrera de editor de Homer Stern, puesto que implicaba la conquista del mayor trofeo literario (hasta el momento, al menos) del siglo XXI. El desfile victorioso de Homer en la feria de Frankfurt, donde vendió derechos en treinta y ocho países, y en cada cena de entrega de premios literarios, era un espectáculo digno de verse. Parecía el árbitro de la moda, con su esmoquin gris paloma hecho a medida y su penacho de pelo blanco, el último de los grandes editores independientes, cuya celebridad a veces eclipsaba la de sus autores.

Pero el hecho de que Paul hubiera sido el que había tirado de la caña para pescar a la presa más deseada de Homer deparó cambios inesperados en la relación entre ambos. Paul descubrió que el equilibrio de poder entre ellos había cambiado de un modo casi imperceptible, y empezaba a irritarle el paternalismo de Homer, por no decir su actitud condescendiente, que había empezado a considerar tan anticuados como algunas de las prácticas comerciales de su antiguo mentor. Paul expresaba cada vez más sus convicciones y se mantenía en sus trece cuando pensaba que Homer estaba equivocado, cosa que ahora ocurría con mayor frecuencia. El panorama editorial estaba cambiando más rápida y virulentamente que nunca en la era digital. Si querían que las cosas siguieran igual en P & S, iban a tener que cambiar.

Homer opuso una firme resistencia, pero siendo tan pragmático como era, y con un poco de presión por parte de sus hijos gemelos, Plato y Aristotle, con quienes Paul había desarrollado una relación en el curso de los años, acabó accediendo a nombrarle presidente y convertirle en director de la empresa. Homer detestaba ceder y hubo algunos días difíciles en que Paul sintió que lo estaban poniendo a prueba hasta el extremo. Después, de repente, la tormenta pasó y Homer pareció instalarse en una rutina más tranquila mientras Paul se encargaba del funcionamiento cotidiano de P & S.

No era un trabajo que le resultase natural. Mientras que Homer sabía seducir –literalmente– a la telefonista y a la asistente de derechos, de vez en cuando al mismo tiempo, Paul descubrió que para su temperamento más reservado era más difícil proyectar la alegre campechanía que, junto con su poder absoluto, había permitido a su jefe reinar sin la menor oposición. Paul sabía que tendría que compartir su prominencia con sus colegas más antiguos, Maureen, Seth y Daisy, a la que recientemente había nombrado editora jefe, y con Tony De Grand, su bromista jefe de finanzas. Al fin y al cabo Paul no era el propietario de P & S; lo eran los Stern y sus accionistas. Además, adoraba a Homer, adoraba sus bravatas, su exuberancia y su amor a la vida, y podía pasar por alto el temperamento volcánico que estos rasgos implicaban, siempre que él no fuese su víctima con excesiva frecuencia.

Ahora las jornadas de Homer en la oficina eran distintas. Todavía le dictaba a Sally y seguía contando sus viejas anécdotas a quien quisiera escucharle, pero se las arreglaba para estar menos presente y sus almuerzos en el Crab, muchas veces a solas con Sally, se alargaban más. En octubre, Paul viajó con ellos dos a Frankfurt y disfrutó viendo a Homer revivir en un lugar donde seguía siendo el rey que imponía el tono falaz y exageradamente informal de la feria. Era el que andaba estrechando las manos de la gente en el puesto de la P & S y en algunas, al menos, de las interminables rondas de recepciones. Pero Frankfurt era un tipo especial de espejo. En él veías feria tras feria tras feria envejecer a todos los que te rodeaban; y ellos también te veían a ti. Homer y Sally habían alcanzado la edad del «¡Tienes un aspecto estupendo!», lo cual significaba, increíblemente, que eran viejos.

En la primavera de 2014, a Homer le diagnosticaron un cáncer de pulmón que se reveló inoperable. Abandonó la oficina una tarde de principios de abril y no regresó nunca. Paul le llamaba de vez en cuando para pedirle consejo sobre una negociación o una cuestión personal. Homer pontificaba suavemente aconsejándole que la dejara «supurar» hasta que se resolviera sola y colgaba sin despedirse, como siempre había hecho, pero Paul comprendió que le atendía sin ganas. Sally visitaba a Homer en el hospital y en su casa, cuando Iphigene se lo permitía, e informaba de su estado a Paul y al equipo de la editorial, pero Homer no tardó en aislarse de todo el mundo, Paul incluido, como si su trabajo, que había sido su vida, quedara ya a su espalda.

Y un buen día se fue, literalmente. Homer hizo mutis. Paul recibió una llamada de un reportero de *The Daily Blade* que le pedía un comentario. Paul telefoneó a Sally a su casa. Ella no sabía la noticia y estaba devastada. «No me han llamado», repetía a quien quisiera oírla. Paul empatizaba con su desorientación y su luto porque también eran suyos.

Ahora había perdido a sus padres profesionales y en ambos casos se sentía oscuramente responsable. ¿Qué era lo que había deseado en secreto? Homer había enfermado no mucho después de que Paul le hubiera marginado, del mismo modo que Sterling se había hundido cuando Paul le notificó lo de Ida. E Ida también se había ido. Las estrellas polares del mundo de Paul ya no brillaban en el cielo. Hasta Pepita Erskine, la escritora insignia de la editorial durante tanto tiempo, había sido atropellada por un autobús pocos meses antes del fallecimiento de Homer.

A Homer le enterraron en el panteón familiar de los Stern en Queens, de estilo egipcio, tras un funeral frío y correcto en el templo Emanu-El, la catedral gótica de la élite judío-alemana de Nueva York. En el entierro, Paul vio a Sally y a Iphigene dar vueltas como tigresas, evitándose mutuamente. Las dos mujeres siempre habían sido glacialmente educadas; Paul recordaba que había estado a punto de morir congelado en el cruce de corrientes cuando estuvo sentado entre ellas en una cena después de la histórica lectura de St. John Vezey en el 92Y. Iphigene había estado más de sesenta largos años casada con Homer. Había comprendido la esencia de la editorial de su marido, el cuidado y la promoción del talento literario. Había sido una socia no reconocida, y un tanto menos apreciada, de la empresa, a la que frecuentemente recomendaba nuevos escritores; de hecho, había sido ella la que aconsejó a Homer contratar a Pepita después de leer en *The Protagonist* una de sus tempranas carnicerías a un novelista blanco masculino, y había sido la anfitriona de los autores de la casa y de sus adláteres, al gran estilo intelectual de antaño, en la calle Ochenta y tres Este. Pero Paul pensaba que había sido Sally la que había entendido a Homer; su tarea prioritaria había sido cuidarle y alimentarle.

Paul siempre había tenido una preferencia afectiva por Aristotle, el más joven de los gemelos Stern, que medían uno noventa y a los que llamaba «los filósofos». Su hermano, Plato, que era susceptible y combativo, por desgracia carecía del estilo o el carisma de su padre, y al cabo de unos años de frustración luchando contra el egoísmo de Homer en P & S, había emprendido una carrera de éxito como agente de músicos clásicos. Ari, por el contrario, era irónico y, en fin, filosófico, y su sonrisa retorcida y su personalidad relajada le habían protegido del peligro de tomarse muy en serio la mitología familiar. Había hecho caso omiso de las hipócritas invitaciones de su padre a que ingresara en la empresa y se había dedicado al negocio *real* de la familia, la madera, donde había amasado una auténtica fortuna, hasta el punto de que la familia no iba a tener que vender P & S para pagar los impuestos del estado tras la muerte de Iphigene. Ninguno de los dos hijos, de hecho, daba muestras de querer realizar grandes cambios en la editorial. Ambos parecían contar con que Paul la dirigiese en su lugar, al menos por el momento.

Paul no era Homer; tampoco era un Stern, aunque los chicos le trataban casi como a un miembro de la familia. Lo único que él podía hacer era regentar P & S a su manera. A Paul le caía bien su compadre Jas Boatwright, descendiente de una gran industria de palillos de dientes de Alabama, que había fundado una deshilvanada editorial propia, de un modo muy semejante a como Homer lo había hecho una generación antes. Pero Jas era el único de su grupo de amigos que se había establecido por su cuenta, y circulaba el rumor de que las cosas le iban mal. Aunque fuese cinco veces mayor que Boatwright Books y llevara mucho más tiempo establecida, ¿cómo iba P & S a aguantar en un entorno cada vez más competitivo y consolidado? ¿Qué iban a hacer cuando Angus llamara para decir que Merle Ferrari o Ted Jonas querían un dineral por su siguiente libro, más, en efecto, de lo que era probable que ganasen, y que sabía que se lo podían dar en otro sitio?

Paul se retrepó y puso las piernas encima del escritorio de Homer, que ahora era el suyo, hurgándose con un mondadientes Boatwright, y se sintió un poco más impostor que nunca. Había convencido a Ida B y a Charlie de que coeditaran al año siguiente las obras completas de Ida P en P & S —sí, Impetus poseía la mayor parte de su obra, ¡pero *ellos* tenían *Mnemósine!*–, que con toda seguridad iban a ser un filón para las dos editoriales. No sólo eso, sino que Nita Desser y Rick Nielsen probablemente entregarían sendos libros nuevos en los meses siguientes. Era como si siempre apareciese algo para sacarles las castañas del fuego; ¿quién habría pensado que sería la poesía? ¡Poetas en las listas de los más vendidos! Ésa era la magia de Ida... y de P & S. Pero ¿y al año siguiente, y al otro?

Repantigado en su sillón, Paul miraba las fotos de sus héroes en la consola que había detrás del escritorio. Allí estaba su antiguo jefe, con los brazos en jarras, un fular y pantalones amarillo canario, luciendo una sonrisa tan ancha como el Hudson; Ida, con su nariz aguileña y el pelo despeinado, mirando coquetamente a la cámara; Arnold, todo bigote y cejas pobladas, frunciendo el ceño al mundo. Y Sterling también estaba allí, ahora que Homer faltaba, un joven nostálgico, pálido, de brazos delgados, con la barbilla apoyada en un codo, mirando con desaliento al vacío en su despacho del Cow Cottage, con el futuro todavía por delante.

Y allí estaba Thor Foxx, con su perilla y su traje rosa salmón; Pepita, ceñuda, con su pelo afro grisáceo y una rebeca con botones de cuero, falda de pana y calcetines hasta la rodilla; los Tres Ases de Homer, abrazados, con la corbata negra torcida, cantando a voz en grito como los Tres Tenores; Elspeth Adams, con su cara redonda, exteriormente serena y dueña de sí misma, luciendo unos elegantes pendientes de cabujón; Ezekiel Schaffner, con la nuez orgullosa sobresaliendo de su largo cuello; Rick Nielsen, con su intensa guapura de empollón, cargando sobre los hombros el peso del mundo; Nita Desser, Sarita Burden, Julian Entrekin y Ted Jonas.

Paul sabía lo que era importante para él: ellos, ellos y su precipitada urgencia de expresarse. Sus caras le centraban y alentaban; ellos definían el mundo.

Miró más allá de las fotos, hacia Union Square, abajo. No se podía borrar la historia de esa plaza: las concentraciones, los disturbios, el estudio de Gorky al este, al norte la larga y atractiva sombra de la Factory de Warhol (¿qué más daba que ahora el edificio albergase una tienda de animales de Petco?). Las hordas de jóvenes guapísimos que paseaban por St. Mark's Place probablemente tampoco sabían que estaban pasando por delante del astroso apartamento donde Auden había escrito «El escudo de Aquiles», pero al final eran los artistas los que conferían trascendencia a su época y sus lugares. Paul sentía la presencia de sus espectros fuera, en el mundo, del mismo modo que la notaba dentro, en su despacho y en su cabeza. Poblaban el aire. Estaban en todas partes y siempre estarían.

Y sabía que en eso al menos era exactamente igual que Sterling y Homer, al margen de las diferencias de orígenes y temperamentos. Sus autores y su obra habían sido en última instancia la *raison d'être* de todo lo que ambos habían hecho. A pesar del mezquino autobombo que se daban, Homer, Sterling y los de su especie habían sido leales a las dotes de sus escritores. Ida no era la única a la que habían tratado con fervor. Sus autores eran sus dioses, a pesar de su conducta prepotente, su egomanía y su espíritu competitivo. A la postre, el centro de todo habían sido ellos.

XIV. EL HOMBRE DE MEDUSA

–¿Adónde te vas ahora, Paul? –le preguntó Maureen Rinaldi, la jefa de ventas, al ver su bolsa de fin de semana depositada al lado de su escritorio una mañana de viernes. Momo, como él la llamaba, había sobrellevado alegremente la falta de talento organizativo de Paul año tras año, lista tras lista. Paul habría estado desvalido sin ella, y todo el mundo lo sabía: en especial, la propia Momo.

–Voy a ver al Hombre, ¿adónde, si no? –respondió Paul con una sonrisita. En los últimos meses, sus viajes bimensuales a San Francisco eran un hecho conocido por toda la oficina. Estaba enamorado casi como si fuera la primera vez, y todos en P & S lo sabían.

El Hombre era Rufus Olney, un editor de Medusa. La tienda online con sede en San Francisco estaba causando estragos en la industria editorial, vendiendo más barato los productos de los editores para robar clientes a las librerías y obtener un monopolio virtual tanto de libros impresos como de e-books. Últimamente la empresa había amagado con editar ella misma, como para mostrar lo gilipollas que eran los comerciantes tradicionales del libro. Paul había conocido a Rufus en uno de los sitios de Internet más militantes de entre los que habían puesto patas arriba su vida personal post-Jasper. Cuando supo, mientras chateaban, que Rufus (su nombre de usuario era Rockstar Apollo) trabajaba para la pérfida Medusa, le propuso que se vieran en el siguiente congreso de libreros de Nueva York. Congeniaron, aunque Rufus no tenía la menor idea de quién eran Ida o Arnold o Homer o Sterling o ningún otro miembro del panteón de Paul. Afirmaban que en Medusa el texto era el rey, pero la especialidad de Rufus eran más los novelistas de género y los gurús de la administración de empresas que los escritores literarios. Lo cual no representaba un obstáculo para Paul, que estaba buscando a alguien interesado no en sus atributos profesionales, sino en los personales. Rufus, que a pesar de su nombre tenía una melena castaña y una frente despejada, todavía sin arrugas, pareció prendarse de su aire de empollón de la Costa Este. A Paul lo sedujeron los ojos avellana y los encantos de su nuevo amigo, y a menudo sucumbía a su insistente labia de vendedor.

Al principio, cuando hablaba con Morgan o con sus amigos en el trabajo, le había llamado simplemente así: el Vendedor. Luego, cuando la relación entre ellos se volvió más efusiva, el Vendedor pasó a ser el Hombre de Medusa, como si un apodo irónico pudiese protegerle del afecto cada vez mayor que le tenía. Pronto, sin embargo, la ironía de Paul se fue apagando y el Hombre de Medusa se convirtió en el Hombre, lisa y llanamente. Rufus era el Hombre en más de un sentido, y Paul estaba loco por él.

Los fines de semana que pasaban juntos en San Francisco, se quedaban horas en la cama siempre deshecha del loft de acero y madera que Rufus tenía en el centro de la ciudad, con su espléndida vista de la bahía; entonces Paul se relajaba con una copa de Sauvignon blanco y fingía revisar un manuscrito (algo anticuado, sí, pero así era Paul: en su tercera cita, le había confesado a Rufus que detestaba los libros electrónicos), mientras Rufus, el prototipo del sibarita, preparaba para ambos una comida fantástica. Después holgazaneaban con los ordenadores portátiles de Rufus y sus smartphones y sus tabletas y otros artefactos y Rufus trataba de instruir a Paul en las complejidades de la tecnología.

Paul estaba encantado con la jerga del universo de Rufus: los macrodatos, la escalabilidad, el *pivoting*, el *crowdsourcing*, la convergencia virtual, la geolocalización, pero no tardó mucho en comprender que todos los temas de los que hablaba aquel chico –plataformas y sistemas de entrega, los minilibros y la nanotecnología, las tarifas por página y esto y aquello y lo de más allá– tenían poco que ver con lo que era importante para él: las palabras en sí mismas y los hombres y las mujeres que las habían escrito. Rufus sabía ampliarlas o reducirlas en sus tabletas y portátiles, sabía añadir elementos visuales y música, reformatearlas de todas las maneras posibles y partirlas en pedazos o trozos o bytes y enviarlas al mundo mediante todo tipo de vías de comunicación, pero *Moby Dick* seguía siendo *Moby Dick*, lo leyeses en el dispositivo que lo leyeses, y *Mnemósine* era *Mnemósine*, lo mirases por donde lo mirases.

Lo que molestaba a Paul era que Rufus y sus compinches de Medusa querían vender la obra de Ida –y la de Thor y Ted y Rick y todos los demás– tan barata que prácticamente la estaban regalando. Les importaba un comino que un escritor hubiera sudado sangre durante años para crear una poesía inmortal, o que un editor de mesa se hubiera encorvado amorosamente sobre el manuscrito de una novela para entregársela al público en la forma y estado que se merecía. Rufus y sus huestes eran partidarios del

Libre Acceso. Sonaba de maravilla, y era maravilloso... para el destinatario final (Paul se había criado llamándole «la lectora»). Pero el creador, que a pesar de todo seguía siendo una auténtica divinidad para Paul, a Rufus le importaba mucho menos. Si no conseguía un tipo de contenido podía encontrar otro en otra parte, sin que le amilanaran las restricciones. No, el texto en Medusa no era prioritario en absoluto; era más o menos intercambiable. Lo cual producía en Paul paroxismos de furia y desesperación, y comprendió que a menudo tenía que dejar al margen sus sentimientos cuando estaba con Rufus.

Cuando Paul hablaba con Morgan durante aquel periodo, las noticias sobre la industria eran casi siempre desalentadoras. Ella era una librera sumamente astuta que superaba en ventas a las cadenas al haber convertido Pages en el corazón de la comunidad de Hattersville y aledaños. Todas las semanas invitaba a dar charlas a autores locales y visitantes; los sábados dedicaba unas horas a los niños; era la mentora de cien grupos de lectura; abastecía de libros los actos organizados por el municipio de Hattersville y por Embryon, la universidad privada de la ciudad. Además, era Morgan Dickerman, y era algo natural que la gente se congregase a su alrededor, como también había hecho Paul (no se engañaba hasta el punto de creer que era su único protegido, aunque le gustaba preciarse de que aún era su niño mimado). Así que a Pages las cosas todavía le iban bien. Pero no tanto a algunos de los colegas de Morgan con menos talento, quizá, o menos dinámicos. La tienda perteneciente a una cadena que había al otro lado de la plaza también había cerrado las puertas, lo que, paradójicamente, no había mejorado las cosas en Pages.

Y también Morgan estaba cambiando. Las vetas amarillas de su lustroso pelo plateado le parecían cada vez más marcadas cuando la veía, cada seis meses o así. A Paul no le gustaba admitirlo, pero Morgan, por la que no pasaban los años, se estaba haciendo vieja. Se preguntaba durante cuánto tiempo podría mantenerse joven.

«Me gustaría preguntarle al señor Rufus si comprende lo que están haciendo en Medusa», le decía Morgan, en un tono que pretendía encubrir su indignación sólo a medias. «Quiero decir, estoy segura de que tiene un buen polvo y bendito sea. Pero ¿sabe lo que él y su pandilla están haciendo al Armazón de Nuestra Cultura?»

Paul casi vio estas mayúsculas en un rótulo de neón dorado, goteando sangre mientras destruían las ondas hertzianas que había entre ellas.

Pero expresiones como «el Armazón de Nuestra Cultura» tenían muy poco sentido para Rufus. Era un chico inteligente, instruido, equilibrado, con un buen tono muscular, modales impecables y una mano maravillosa para guisar el estofado. Pero a los treinta y tres años era demasiado joven para haber conocido o para que le importaran la revolución de las ediciones en rústica, las penalidades de las devoluciones, el ascenso y caída de la cadena Borders o las caprichosas fluctuaciones, como las de una montaña rusa, del Club del Libro de Oprah. Intentar que apreciara los arcanos de la Vida del Libro era como sugerirle que dominara *El arte de la cocina francesa*. Se limitaba a asentir, poner los ojos en blanco y citar a su jefazo, el nefando George Boutis, aficionado a decir de esos objetos anticuados conocidos como libros físicos: «También me gustan los camellos, pero no voy al trabajo montado en uno.»

Con el tiempo Paul descubrió que sus disputas con Rufus sobre la industria del libro habían adquirido una carga erótica. Nunca parecían capaces de ponerse de acuerdo sobre una cuestión profesional, pero se lo pasaban en grande peleándose al respecto y haciendo luego las paces. Para discutir mejor, Paul pensó que necesitaba estar lo más versado posible en lo que su antagonista decía y pensaba, y en consecuencia frecuentaba el despacho del equipo de marketing de P & S, y, mientras escuchaba a sus miembros hablar de *freemiums, like-gating, webisodes* y *tag clouds,* se preguntaba qué dirían si supieran que la calidad de su vida amorosa dependía de los conocimientos que le transmitían.

Al final Paul conoció al jefe de Rufus, Spike Edelman, que dirigía las operaciones editoriales en Medusa. Unas semanas más tarde, se sorprendió cenando con Spike, Rufus y George Boutis en persona. George, que era un hombre bajo y belicoso, con curiosidad por todo, había fundado Medusa poco después de licenciarse en Williams, donde había compartido un apartamento fuera del campus con Rick Nielsen. Poseía una buena dosis de arrogancia, como si fuera el amo del universo, y era cultísimo; Paul no podía negar que, a pesar de las diferencias entre ambos, estaba fascinado, cuando no cautivado, por su rival dialéctico.

Le costó meses reconocérselo a Morgan. Cuando se lo confesó, Morgan exclamó: «¡Me importa una mierda! ¡Cabrón traicionero! Ahora ya lo he visto todo.» Tras lo cual se rió a carcajadas y al instante quedó todo olvidado.

George y Paul acabaron viéndose de vez en cuando en los viajes que el segundo hacía al Oeste para reñir con Rufus. A veces se presentaba Spike, pero lo más frecuente era que estuviesen los cuatro: Paul, Rufus, George y la mujer de éste, Martha, que era divertidísima y tenía una lengua muy afilada, y cuya primera novela, sobre la esposa frustrada de un magnate de Silicon Valley que quiere ser pintora, iba a publicarla pronto, vaya una ocurrencia, Impetus Editions. Las conversaciones en las cenas, una lucha sin cuartel, eran a veces acaloradas pero siempre estimulantes, y andando el tiempo Paul había llegado a pensar que, al contrario que Rufus, George comprendía su anticuada visión de editor centrado en el autor, por muy diferente que fuera de la de George.

Una noche, en el ático de Rufus, después de haberles servido unos inolvidables linguini con erizo de mar, George dijo de pronto, tomando un vaso de suavísima grappa Nonino:

—¿Qué te parecería venir a trabajar aquí, a Medusa, Paul? Puedes dirigir nuestro programa editorial. Tenemos todo lo que necesitas, Rufus incluido. Caray, incluso compraré P & S. La convertiremos en el buque insignia de Ediciones Medusa.

Paul sintió que la habitación se escoraba. ¿Cómo iba a decirle *eso* a Morgan? Pero se repuso lo suficiente para responder con serenidad.

—Tendré que pensármelo, George. Gracias por tu muestra de confianza.

Rufus estaba insólitamente callado mientras recogían los platos cuando los Boutis se marcharon. Paul no sabía cómo interpretarlo; ¿Rufus estaba ofendido porque no había aprovechado de inmediato la oportunidad de estar con él en San Francisco? ¿Sabía de antemano que George pensaba hacerle esta propuesta?

—Bueno. Ha sido una conmoción —dijo Paul al final.

—George habla en serio —contestó Rufus, algo más que ligeramente exasperado, mientras sacaba copas y vasos del lavaplatos y metía los cacharros de la cena—. No hace ofertas a la ligera, y menos una tan importante como ésta.

—No lo dudo —respondió Paul, sin alterarse—. Pero tienes que reconocer que no es fácil de asimilar. La idea es tentadora en muchos sentidos, en especial el de estar aquí contigo. Pero ¿no supondría abandonar todo lo que en mi vida he intentado conseguir trabajando?

–Medusa es el futuro, Paul –dijo Rufus, cuidadosamente–. Ha venido para quedarse. P & S puede formar parte del grupo. Y yo vivo aquí. Podríamos pasarlo de maravilla.

–Es increíblemente tentador, Rufus. Pero necesito pensarlo con tranquilidad.

–Bien. Pero no nos hagas esperar demasiado. George no es conocido por su paciencia.

¿No nos hagas esperar? Y tú, ¿cuánta paciencia tienes?, quiso preguntar Paul.

De algún modo su novio hablaba como un miembro del equipo contrario.

Más tarde, cuando yacía en los brazos esculturales de Rufus escuchando las vueltas que daba la secadora en la antecocina, Paul no podía dormir. Se sentía al borde de un precipicio y en peligro de caer tan abajo que no veía el suelo a sus pies. Y no estaba nada convencido de que el ruido de los manteles y las servilletas que giraban en el tambor de la secadora, en el silencio de San Francisco, no fuera el sonido que producían Homer, Sterling, Ida, Arnold, Elspeth, Pepita, Dmitri..., todos ellos, revolviéndose en sus tumbas como derviches horrorizados.

XV. EASTPORT

Medusa sí adquirió P & S unos años más tarde, junto con Owl House y Harper Schuster Norton, peones en su lucha a vida o muerte con Gigabyte para monopolizar el mercado del libro al por menor (y las ventas por Internet). Por el momento, al menos, New Directions, Impetus, Boatwright y las demás editoriales más pequeñas y de poca monta consiguieron eludir el destino de sus competidoras más grandes y mantener su independencia.

Paul, sin embargo, ya no estaba en P & S. Rufus y él habían roto no mucho después de que Paul declinara la oferta de George Boutis. Así pues, al encontrarse de nuevo sin ataduras a los cuarenta y tantos, y tras haber conquistado la cumbre del éxito editorial, al menos a su entender, con la publicación de los *Complete Poems* de Ida, por no mencionar el superventas de Rick Nielsen, *The End of Everything* –además de la devastadora noticia de que el Soft-shell Crab cerraría pronto sus puertas–, decidió, después de darle muchas vueltas, tomarse un respiro y probar suerte como, sí, lo han adivinado: como escritor.

–Es lo más retrógrado y contrario al sentido común

que me imagino haciendo –le dijo a Morgan–. Tiene que estar bien.

–¡No olvides las librerías! –protestó ella–. Recuerda que siempre puedes volver a casa y ocuparte de Pages. Me estoy haciendo demasiado vieja para este jaleo.

Paul tuvo una charla íntima con Plato y Aristotle y les recomendó que contrataran a su amiga Lucy Morello, que había hecho maravillas como número dos de Larry Friedman en Howland. Como de costumbre, fueron extremadamente gentiles y él se marchó con ahorros suficientes para sufragarse un frugal año –o dos o tres– escribiendo. Para ello alquiló una casita de pizarra gris en Eastport, Rhode Island, a la hermana que Morgan tenía en Providence, y durante todo aquel invierno brutal, el más frío desde hacía dos decenios, sentado a la mesa de la cocina, contempló las islas diseminadas por las aguas de Pawcatuck Point mientras intentaba escribir un libro sobre Ida, una lectura personal que pretendía comprender su perdurable pasión por ella y su obra.

De cuando en cuando, Morgan y su actual marido, Ned, viajaban en coche desde Hattersville para un fin de semana de paseos abrigados contra el azote del viento, seguidos por cenas con abundante consumo de alcohol; con mayor frecuencia, Paul viajaba a Providence para visitar a Joel Hallowell, el profesor adjunto de diseño de la Rhode Island School of Design por el que recientemente se había sentido atraído, y comer, ir al cine juntos y cualquier otra cosa que pudiera surgir. Joel era distinto de todos los hombres con los que Paul había mantenido una relación estrecha: era sereno y se aceptaba a sí mismo sin alardear de nada, de un modo que a Paul le hacía sentirse seguro y centrado. «Vamos a consultarlo con la almohada», decía Joel cada vez que Paul le daba demasiadas vueltas a su trabajo o a su futuro, o al peligroso estado general del mundo. Paul se había prometido tomarse las cosas con calma con Joel, pero mientras contemplaba día tras día el inalterado océano gris y procuraba concentrarse en su tarea, no podía ignorar la frecuencia con que su nuevo amigo afloraba en su pensamiento, su conversación, sus sueños.

Estaba resuelto a entender a Ida de una vez por todas, el porqué de la importancia que ella había tenido para él, pero no sólo para él. Tenía a su lado los *Complete Poems* de Ida: mil doscientas páginas de inmortalidad, con su rostro iluminado por el sol en la solapa, extraído de una fotografía de su tocaya Ida B en la que aparecía cogida de la mano con Maxine y Sterling en el muelle de Hiram's Corners. Aquella sonrisa impasible, como la de un kuros de las Cícladas, ocultaba mucho más de lo que revelaba. Se esforzaba en descubrir lo que había detrás para conocer el verdadero carácter de Ida Perkins.

Recientemente había tenido conocimiento de algo triste respecto a los últimos años que ella había pasado en Venecia. Aristotle Stern le había telefoneado para explicarle que había visto en Nueva York a su pariente, ahora envejecida, Celine Mannheim, y que ésta le había contado cosas sorprendentes sobre Leonello Moro. Según Celine, el conde no había llevado bien la enfermedad crecientemente grave de Ida y se había ausentado cada vez más a menudo para pasar mucho tiempo en Barcelona. Ida había vivido sus meses postreros como una prisionera solitaria en el palazzo Moro.

A Paul le consternó imaginar sola, débil y desdichada a una mujer que había pasado toda su vida con alguien. Se preguntó si la decisión de Ida de entregarle *Mnemósine* habría sido motivada menos por la preocupación de proteger

—o herir— a Sterling que por su acuciante necesidad, como Paul había intuido de algún modo, de salvar su último libro de la indiferencia o incluso la envidia de un marido negligente.

Lentamente empezaba a comprender lo unidireccional y bidimensional que había sido su amor por Ida y por todos sus escritores. Era algo intrínseco a la relación; ellos le necesitaban para que los magnificase a fin de ser ellos mismos de forma plena y desinhibida. Y él había necesitado hacerlo, serles de utilidad, deleitarse en el reflejo de su aureola. Era una manera de mantener las distancias, de estar alejado de la línea de fuego. Con Joel estaba empezando a conocer los riesgos de la reciprocidad. ¿Eso significaba que tenía que dejar atrás su amor por Ida, al igual que su infructuoso arrobamiento con Jasper, que le había mantenido a salvo?

Sin duda Ida no había sido una santa. La tarde que había pasado con ella le había enseñado que tendría que enjuiciarla desde innumerables ángulos contradictorios. Pero cuantas más facetas había advertido y cuantas más cosas le habían sorprendido, tanto más interesante la encontraba. Ida había sido cándida y calculadora, apasionada y esnob, generosa, magnánima, egoísta, miope, mezquina. Como tantos artistas, había buscado satisfacer sus deseos haciendo caso omiso de las consecuencias que entrañaban para otros y para ella misma. También había sufrido la peor pérdida que podía experimentar un ser humano y había hallado la disciplina interior para asimilarla y superarla. Y en sus propias palabras, al menos, siempre había sido consciente de sus actos:

¿Cómo puedo decirte
cómo era?
¿No era siempre

lo mismo para ti?
No hay nada más.
Si sabíamos lo que sabíamos,
cada caso
tenía que ser cierto.

Ida había sido ella misma cuando había vivido tal como escribía: al rojo vivo, sin marcha atrás ni revisión. Era lo que sus versos decían continuamente: así era como tenía que ser, como podía ser si dejabas que así fuera. Porque la vida era como era. *No hay nada más.* Y era suficiente. Tenía que serlo, por definición.

¿Él también la había dejado en la estacada? ¿Había traicionado a sus mentores Homer y Sterling cuando abandonó P & S? La empresa parecía prosperar al mando de Lucy, según todo lo que le decían Tony, Momo y Seth. Daisy y su equipo estaban buscando y comprando libros magníficos, como de costumbre, y a menudo —no cada vez, pero siempre había sido así— encontraban lectores que se ocupaban de leerlos. Tal vez él daría un paso atrás, si algún día terminaba su libro, y sumaría sus fuerzas a las de Jas, o pondría en marcha una Impetus o una P & S propias con aportaciones de los agradecidos autores con los que había trabajado en el curso de los años.

O quizá no.

Entretanto, Ida estaba en todas partes. Leían su obra en la radio, la citaban en canciones y películas, la imitaban, comentaban, debatían. Era como si nunca hubiera tenido tantos lectores. Tanto Impetus como P & S estaban vendiendo regularmente ediciones en papel y en e-book de sus poemas; la mayoría de las veces era la que más vendía en la categoría de Poetas Inmortales de Rufus, uno de los espacios con más visitas en la página web de Medusa. (¡Figúrense!) Pusieron el nombre de Ida a premios, cátedras universitarias, y hasta a una autopista de su Massachusetts natal. Su vida era el tema de la nueva ópera de John Adams, y estaba previsto que su efigie apareciera en un sello, si es que alguien los usaba todavía. El apartamento que había compartido con Arnold en Venecia se había convertido en una residencia de escritores; Paul pasaría allí tres meses en primavera. Gracias a la influencia de Ida, memorizar y recitar poesía había llegado milagrosamente a formar parte del programa de estudios de literatura inglesa en algunas escuelas. Los niños aprendían sus poemas de memoria, como Paul había hecho durante tantos años.

Ida estaba viva, más viva que nunca. Ya no necesitaba a Paul, como tampoco había necesitado a Sterling o a Homer o a Arnold —ni a ningún hombre o a ninguna mujer— para ser triunfalmente ella misma en la otra vida, a pesar de que su fin terrenal había sido duro. Había transmitido su mensaje, su genio, no por la vía biológica, sino a través del ADN inscrito en sus sílabas. No obstante su avaricia y su sordera, su ignorancia del pasado y su despreocupación por el futuro, Norteamérica había producido una artista universal como Ida Perkins, de un modo muy similar a como había creado un lugar tan apacible como Eastport, con sus largos campos, tapiados con muros de piedra, que descendían hasta el agua, sus árboles atrofiados por el mar y sus casas plateadas, acurrucadas delante de las rocas que orillaban la costa del Point. Hay cosas en la vida que no pueden mejorarse. Para él era inimaginable un Eastport más hermoso, más tranquilizadoramente humano. Y lo mismo cabía decir de Ida.

Aunque pareciese eterno, Paul sabía que Eastport había cambiado mucho con los años. Sus majestuosas panorámicas, sus espacios abiertos y secretos, anunciaban con susurros suaves pero insistentes una destrucción creativa. Como todos los lugares, Eastport estaba siempre en vías de convertirse en otra cosa, y avanzaba tan despacio que parecía inmóvil para cualquiera que se solazase momentáneamente con su intemporalidad. Todos nosotros nos limitamos a aprovecharla. Si uno quería, podía considerarla aterradora. Pero para Paul era terapéutica, era un consuelo.

Él también había cambiado; había perdido la inocencia varias veces; había caído y le habían lastimado; había cometido errores y sufrido fracasos. Había sido culpable de codicia, de cálculo, de disimulos. Confiaba en que el espectro de Sterling le hubiera perdonado, allí donde estuviera. Si Sterling había resultado ser un poco menos que impecablemente heroico, se debía sólo a la sombra exagerada que Paul le había obligado a proyectar en su imaginación febril. Sterling era ahora tan importante para él como siempre había sido; y Homer también, en todo su esplendor testosterónico. El tiempo los estaba colocando poco a poco en los lugares de honor que ocuparían en su memoria caótica.

Contempló la línea del océano y presintió una fuerza creciente y distinta a cualquier cosa que hubiese conocido: una ola que avanzaba hacia ellos, todavía invisible en el horizonte. Era como si estuviesen a punto de revivir el legendario huracán de 1938, cuando el mar se había alzado y había aplastado Pawcatuck Point y el litoral oriental entero. El vendaval había pulverizado y barrido las casuchas de Pawcatuck; había sumergido islas y transformado penínsulas en islas. En muchos lugares inundados el agua no se había retirado nunca.

228

Casi veía la nueva ola que se levantaba hacia el sur y se erguía cada vez más, gris sobre gris; prácticamente la oía rugir en su oído hasta convertirse en otro tipo de silencio. ¿Qué traería? Disolución. Purificación. Renovación. Todo sería destruido y reconstruido: virgen de nuevo. Que se lleven lo viejo; que llegue lo siguiente. Era hora de comenzar desde cero.

Paul amaba aquella vista, su primigenia constancia incluso con el peor de los climas. Amaba la repetitiva palpitación del mar. Y la amaba también después de la tormenta, quizá más que antes.

Abrió los *Complete Poems* de Ida por milésima vez para leer los poemas de *Mnemósine*.

VARA DE ORO

Mnemósine recuerda
cuando cada día
se sienta a contemplar el agua
por más que se esfuerce
encuentra que no hay segunda vez
demasiadas cosas eluden
sus ojos debilitados

pero siempre ve frente y cabello
labios contra labios
y piel sobre piel eternamente joven
evoca su tenue olor mineral
y sabe que lo que recuerda no es pecado
y aunque no pueda recuperar
cada abrazo fenecido

cada aliento cada beso imposible
sabe que sí posee esto

la última vez
que te vio volverte
para trazar tus pasos
entre las varas de oro
recuerda
que te oyó llamarla
te añoro, querida,
te veré en otoño

Mnemósine recuerda que eso fue todo

LA POESÍA DE IDA PERKINS
Bibliografía abreviada

Virgin Again (Norfolk, Conn.: New Directions, 1942).

Ember and Icicle (Norfolk, Conn.: New Directions, 1945; Londres: Faber & Faber, 1946).

Aloofness and Frivolity (Norfolk, Conn.: New Directions, 1947; Londres: Faber & Faber, 1948).

In Your Face (Nueva York: Impetus Editions, 1950).

Bringing Up the Rear (Nueva York: Impetus Editions, 1954; Londres: Faber & Faber, 1955) [traducido por Renée Schorr como *Mes derrières* (París: De Noël, 1956)].

Striptease (Londres: Faber & Faber, 1957 [incluye *In Your Face*]; Nueva York: Impetus Editions, 1958). National Book Award, 1958; Premio Pulitzer de Poesía, 1959.

The Face-lift Wars (Nueva York: Impetus Editions, 1963; Londres: Chatto & Windus, 1963).

Nights in Lausanne (Cadenabbia: Drusilla Mongiardino, 1964; incorporado a *Arte Povera*, 1982).

Exquisite Emptiness (Ginebra: Éditions de L'Herne, 1965; incorporado a *Half a Heart*, 1967).

Half a Heart (Nueva York: Impetus Editions, 1967; Londres: Chatto & Windus, 1969) [traducido por Elsa Morante como *Cuore dimezzato* (Génova: Edizioni del Me-

231

lograno, 1973)]. National Book Award de Poesía, 1967.

Remove from the Right (Nueva York: Impetus Editions, 1970; Londres: Faber & Faber, 1971) [traducido por Ingeborg Bachmann como *Aus dem Rechten* (Hamburgo: Festiverlag, 1974)].

Barricade (Nueva York: Impetus Editions, 1972; Londres: Faber & Faber, 1973) [traducido por Claude Pélieu-Washburn y Mary Beach como *Les fortifications intérieures* (Ginebra: Éditions de la Trémoille, 1980)].

The Brownouts (Londres: Faber & Faber, 1974; Nueva York: Impetus Editions, 1975).

Translucent Traumas: Selected Poems (Nueva York: Impetus Editions, 1975). National Book Critics Award de Poesía, 1976; Premio Pulitzer, 1976.

Doggy Days (St. Louis: Ferguson, Seidel & Williams, 1979; Hamburgo: Festiverlag, 1982).

Arte Povera (Nueva York: Impetus Editions, 1982; Londres: Faber & Faber, 1982) [traducido por Harry Mathews con el mismo título (París: Mercure de France, 1986)]. National Book Award, 1982.

Marginal Discharge (Nueva York: Impetus Editions, 1987).

Age Before Beauty (Nueva York: Impetus Editions, 1991; Londres: Faber & Faber, 1991).

The Anticlimaxes (Nueva York: Impetus Editions, 1995; Londres: Faber & Faber, 1996). National Book Award, 1996.

Aria di Giudecca (Nueva York: Impetus Editions, 2000; Londres: Faber & Faber, 2000) [traducido por Marialuisa Spaziani con el mismo título (Venecia: Marsilio, 2002)].

Mnemosyne (Nueva York: Purcell & Stern, 2011; Londres: Faber & Faber, 2011; y 37 ediciones en todo el mundo). National Book Award de Poesía, 2011; Premio Pulitzer de Poesía, 2012).

The Complete Poems (Nueva York: Impetus Editions/Purcell & Stern, 2014; Londres: Faber & Faber, 2014)

Underwater Lightning: Uncollected Poems and Drafts, edición de Paul Dukach (Nueva York y San Francisco: Purcell & Stern/Medusa, 2020; Londres: Faber & Faber/Medusa, 2020).

Prescriptions and Projections: Prose Writings, edición de Eliot Weinberger (Nueva York: Impetus Editions, 2021).

VÉASE TAMBIÉN

Elliott Blossom. *Brownouts and Brilliants: The Instances of Ida Perkins* (New Haven y Londres: Yale University Press, 2016).

Paul Dukach. *Ida Perkins: Life and Art and Life* (Nueva York y San Francisco: Purcell & Stern/Medusa, 2019).

Alan Glanville. *Mnemosyne Remembers: The Life of Ida Perkins* (Nueva York: Impetus Editions, 2018).

Hebe M. Horowitz. *The Ida Era* (Berkeley: University of California Press, 2019).

Rosalind Horowitz. *My Night with Arnold Outerbridge (and Other Tales from the Good Old Days)* (Nueva York: Boatwright Books, 2020).

AGRADECIMIENTOS

El autor saluda con gratitud por sus múltiples formas de ayuda y aliento a las siguientes personas: Hans-Jürgen Balmes; Katherine Chen; Eric Chinski, Andrew Mandel y mis colegas de Farrar, Straus & Giroux; Bill Clegg; Bob Gottlieb; Eliza Griswold; Margaret Halton; Michael Heyward; Leila Javitch; Jennifer Kurdyla; Laurence Laluyaux; Maureen McLane; David Miller; Darryl Pinckney; Justin Richardson; Stephen Rubin; Lorin Stein y Roger Straus.

Mi agradecimiento especial a Tenoch Esparza por todo; a mi juiciosa agente, Melanie Jackson; y, ante todo, a Robin Desser, por su prodigiosa perspicacia, entusiasmo y, en fin, por su ímpetu.

ÍNDICE